AGIRO

Joachim Körber, 1958 in Karlsruhe geboren, lebt seit 1990 im Rheinland-Pfälzischen Bellheim; er ist Inhaber des auf Phantastik spezialisierten Kleinverlags Edition Phantasia (www.edition-phantasia.de). Joachim Körber ist seit 1980 freiberuflicher Autor, Übersetzer und Verleger, seit 1984 Herausgeber *des Bibliographischen Lexikons der utopisch-phantastischen Literatur*, eines Loseblattwerks, das (Stand: Februar 2014) mit sechzehn Ordnern und rund zehntausend Seiten die umfangreichste Enzyklopädie phantastischer Literatur der Welt darstellt. Er veröffentlichte neben einer Handvoll Kurzgeschichten (von denen eine, „Der Untergang des Abendlandes" (1998), als beste Story mit dem Deutschen Phantastik-Preis ausgezeichnet wurde) zahlreiche Rezensionen und Essays in Zeitungen und Zeitschriften (die gesammelt in dem Band *Das bekannte Fremde* vorliegen) und gab rund fünfzehn Sammelbände mit Science-Fiction-, Fantasy-, Horror- und Kriminalstorys heraus. Sein erster Roman, *Wolf,* ein Psi-Thriller, erschien 1998. Daneben veröffentlichte er Sachbücher wie *Die Wissenschaft bei Dan Brown* und *Die Geschichte bei Tim und Struppi.*

Steffen Boiselle, geboren 1964 in Ludwigshafen / Oggersheim, zeichnete schon während seiner Schulzeit Comics, ist seit 1985 Verleger und war 14 Jahre als Außendienstmitarbeiter für den Hamburger Carlsen Verlag tätig. Seine Cartoon-Reihe „100% PÄLZER!" erscheint seit 2007 wöchentlich in der RHEINPFALZ AM SONNTAG.
Steffen Boiselle lebt mit Frau, Kater und Geschäftspartner in Neustadt an der Weinstraße.

Joachim Körber

FRAU SCHMATTLOCH ERMORDET IHREN MANN AN EINEM NEBLIGEN FRÜHLINGSTAG

Eine Pfälzer Provinzposse

AGIRO

Bestellen Sie unseren
wöchentlichen Rundbrief per Mail
unter: **www.agiro.de**

AGIRO

Steffen Boiselle & Clemens Ellert
Sauterstraße 36, 67433 Neustadt an der Weinstraße
Fon: 06321/489343, Fax: 06321/489345, Mail: info@agiro.de

Satz & Layout: Clemens Ellert / Tobias Pudelko
Illustrationen: Steffen Boiselle
Printed in Gemany
ISBN: 978-3-939233-25-1

Weitere Informationen unter:
www.agiro.de

BOISELLE
605

1

Am anfangs lauen, später jedoch in zunehmendem Maße wechselhaften und unangenehm nasskalten Frühlingstag eines bis dahin milden und warmen Monats April, der bis zu dieser Stunde dem unguten Ruf der Wankelmütigkeit und Wechselhaftigkeit, den er im Volke genoss, so gar nicht entsprechen wollte, kam der Herr Schmattloch außerordentlich vergnügten Sinnes zum Mittagessen nach Hause. Das an sich war nichts Ungewöhnliches, verdiente Herr Schmattloch doch seinen Lebensunterhalt in Anstellung bei eben der Gemeinde, wo er auch wohnte, in Bellheim, als Gärtner der städtischen Grünanlagen und Parks, und kam an jedem Tag, den der liebe Gott werden ließ, zum Mittagessen nach Hause, außer an den Wochenenden, wo er besagtes Haus nur äußerst selten, wenn überhaupt einmal, verließ. Weder er noch seine leidgeprüfte Gattin, die seit fast dreißig Jahren Tisch und Bett mit ihm teilte, in den vergangenen Jahren zugegebenerweise mehr Tisch denn Bett, hätten sich in dem Moment, als er zur Tür hereinspazierte, träumen lassen, dass es sein letztes Mittagessen werden würde, ja, dass es ihm nicht einmal mehr vergönnt sein sollte, in den Genuss eben desselben zu kommen.

Herr Schmattloch war nicht nur als Gärtner stadtbekannt, sondern darüber hinaus auch als Hallodri und Schürzenjäger. Verschiedene Zungen, und es waren weder deren wenige noch die bösesten, verstiegen sich gar zu der Behauptung, dass es in der ganzen Gemeinde kaum eine Furche gab, in die er sein

BOISELLE
606

Setzholz noch nicht zu pflanzen versucht hätte; manche besagter Zungen, diese freilich von der ganz dezidiert bösartigen Natur, wollten gar alle persönlich wie namentlich kennen, bei denen es ihm auch gelungen war; man könne da Geschichten erzählen, so wurde hinter vorgehaltener Hand getuschelt, wolle aber natürlich nichts gesagt haben, schließlich wisse man ja die Gebote von Anstand und Schicklichkeit zu wahren!

Wie auch immer, an besagtem Frühlingstag schien der Herr Schmattloch, kaum dass er die heimische Schwelle überquert hatte, überaus frohgemut zu sein, was Frau Schmattloch wiederum kaum in Erstaunen zu versetzen vermochte, roch sie doch, als sie sich ihm näherte, was sie freilich meist geflissentlich vermied, das Parfum einer fremden Frau an seinem Hemdkragen und wusste nur zu gut, was das und seine Fröhlichkeit, die er so abstoßend bräsig zur Schau zu stellen wusste wie vor ihm nur ein berühmter Landsmann und Ex-Bundeskanzler, zu bedeuten hatte.

Herrn Schmattlochs heitere Laune schlug jedoch jäh in Missmut und Verdrießlichkeit um, als er sah, dass nur Weißbrot, in Stücke von so exakt gleicher Länge geschnitten, wie nur Frau Schmattloch es vermochte, auf dem Küchentisch stand, dazu tiefe Teller und ein Untersetzer für einen Topf, und da machte ihm auch der Geruch deutlich, der die gesamte Küche durchzog, dass sie wieder die Dreistigkeit besaß, ihm diesen abscheulichen Bohneneintopf vorzusetzen, den sie ausgesprochen gern aß, er jedoch seit Beginn ihrer Ehe so über die Maßen widerwärtig fand, dass er es kaum über sich brachte, ihn zu sich zu nehmen. Natürlich handelte es sich um ein Rezept ihrer Mutter, der es auf diese Weise tatsächlich gelungen war, den ungeliebten Schwiegersohn noch weit über den Tod hinaus zu ärgern.

Herr Schmattloch steigerte sich so in seine Entrüstung hinein, dass er sogleich zu einem seiner häufigen, von den wenigen Freunden und Verwandten, die sich ab und zu einmal sehen ließen, ebenso wie von den Arbeitskollegen so gefürchteten Monologen ansetzte, was, wie es in derart langjährigen Ehen nicht selten einmal geschieht, letztendlich dazu führte, dass er, wie der Volksmund so treffend sagt, vom Hundertsten ins Tausendste geriet und ihr nicht nur den Bohneneintopf, sondern überhaupt alles zum Vorwurf machte, was ihm in der langen gemeinsamen Zeit missfallen hatte.

Frau Schmattloch für ihren Teil hörte sich alles mit der ihr eigenen Ergebenheit und Resignation an, rührte ihren Bohneneintopf um und wartete darauf, dass der Redeschwall ihres Gatten endlich versiegen möge, doch je länger die Tirade andauerte, desto ungehaltener wurde auch sie. Eigentlich, so leitete ihr Mann aus dem ungeliebten Bohneneintopf ab, eine ebenso irrationale wie kühne Schlussfolgerung, habe sie ihn ja nie geliebt, ihm das Leben stets verleidet, habe ihn bei dieser oder jener Gelegenheit mit diesem und jenem blamiert, vor Geschäftskollegen und Freunden unmöglich gemacht, das alles habe er stets schweigend und wie ein guter Ehemann erduldet, aber er, als Ernährer der Familie, habe schließlich ein Anrecht darauf, wenigstens ein vernünftiges Essen vorgesetzt zu bekommen, das einen Mann wie ihn auch satt machen würde.

Die Liste ihrer angeblichen Verfehlungen nahm eine derartige Länge an, dass Frau Schmattloch es schließlich kaum noch ertragen konnte. Am meisten erbosten sie freilich nicht die ganz und gar aus der Luft gegriffenen Vorwürfe, sondern die Tatsache, dass sie mit einer gleichsam leidenschaftslosen Stimme vorgetragen wurden und er es offenbar nicht einmal nötig fand, sie dabei anzusehen. Er saß am Tisch, vor seinem leeren tiefen Teller, und redete zur gegenüberliegenden Wand, während sie ein kleines Stück seitlich hinter ihm am Herd stand. Die Sonne schien durch das Küchenfenster herein, das Ausblick zum Nachbarhaus bot, ebenso durch die Glastür, die in den Garten hinausführte, und ließ die von schütteren

Flusenhaaren umrahmte Stelle an seinem Hinterkopf leuchten und glänzen, bis dieser Punkt fast etwas Hypnotisches für Frau Schmattloch bekam und sie den Blick nicht mehr davon abwenden konnte. Sie stellte fest, dass der Eintopf kochte und vom Herd genommen werden musste, ein Ende des Vortrags aber immer noch nicht absehbar zu sein schien, und so fasste sie, gänzlich unaufgeregt und ruhig, den Entschluss, etwas in die Tat umzusetzen, mit dem sie in ihren ureigensten und geheimsten Gedanken schon lange einherging. Sie besaß die Geistesgegenwart, die Herdplatte abzuschalten, damit der Eintopf, nach einem alten Familienrezept zubereitet, das, nach alter Sitte, auf dem Totenbett von der Mutter an die Tochter weitergegeben wurde, nicht anhängen sollte, griff nach der schweren Pfanne aus Gusseisen, die sie gespült und neben dem Herd abgestellt, aber noch nicht weggeräumt hatte, kniff einmal kurz die Augen zu, dachte an dreißig Jahre Zank und Demütigungen und Beleidigungen und Undank, holte aus, so weit sie konnte, und schlug sie dem salbadernden Gemahl mit aller Kraft, die sie aufbieten konnte, auf eben jene Stelle des Hinterkopfs, die sich bis eben noch als wahrer Magnet für ihre Blicke erwiesen hatte.

Bei den Mannschaftsdienstgraden der Bundeswehr stehen Offiziere wie Unteroffiziere nicht eben in besonders hohem Ansehen. Ganz besonders die Unteroffiziere, die unmittelbar für die Ausbildung der Rekruten verantwortlich sind, genießen einen schlechten Ruf; Unteroffiziere werden daher im soldatischen Sprachgebrauch meist, und durchaus auch ein wenig abfällig, mit dem Kürzel „Uffz" bedacht, woraus sich wiederum die in Kanoniers- und Gefreitenkreisen beliebte Scherzfrage ableitet: „Was sagt eine Sau, wenn sie gegen eine Wand läuft?", worauf die Antwort selbstredend „Uffz!" lautet.

An diese Anekdote, die ihr Mann wohl an die hundert Mal zum Besten gegeben hatte, wenn er „vom Krieg" erzählte, wie er seine Wehrdienstzeit stets nannte, musste Frau Schmattloch jetzt denken, denn als das laute metallische *Boing* verklang, mit dem massives Gusseisen auf lediglich durch eine dünne Haut- und kaum mehr erwähnenswerte Haarschicht geschützten Schädelknochen traf, gab ihr Gatte ebenfalls ein leises, fast verwundert gehauchtes „Uffz" von sich und kippte mit dem Gesicht voran vornüber in den noch eintopflosen tiefen Teller.

Frau Schmattloch stellte die Pfanne wieder auf die Ablage, von wo sie sie genommen hatte, wischte sich mit einer ebenso knappen wie resoluten Bewegung die Hände an der Schürze ab, nahm zwei Topflappen und stellte den Bohneneintopf auf den Untersetzer in der Tischmitte. Sie schöpfte sich, eingedenk der Tatsache, dass des Gatten Appetit nach dem heftigen Schlag, der ihn das Leben gekostet hatte, wohl nicht mehr ganz so ausgeprägt sein würde, eine großzügige Portion und aß ihn bedächtig mit einem Stück Weißbrot.

Nach wenigen Bissen jedoch empfand sie den Anblick des mit dem Kopf im Teller liegenden toten Gatten als abstoßend, mithin dem eigenen Appetit also eher abträglich, und so erhob sie sich noch einmal kurz, zog den Oberkörper des Mannes nach hinten, rückte ihm den Kopf zurecht, so dass er wieder die Wand ansah, der er während des endlosen Monologs soviel Aufmerksamkeit gewidmet hatte, setzte sich, aß in aller Gemütsruhe zu Ende und machte sich dabei Gedanken, wie die Situation, in die sie sich durch ihre wenn auch alles andere als überhastete Vorgehensweise selbst gebracht hatte, am besten zu bereinigen wäre. Sie beschloss, während sie den letzten Bissen Brot kaute, dass es für den Anfang nicht schaden könnte, sich der Hilfe einer anderen, verständnisvollen Person zu versichern, und so ging sie zum Telefon, nahm den Hörer ab und rief ihre beste Freundin an.

2

Derweil stand Tekla Rönneburger, die Nachbarin der Schmattlochs, wie an jedem Nachmittag am Fenster ihres Hauses und verzehrte sich förmlich vor Sehnsucht nach dem Objekt ihrer Begierde, Herrn Schmattloch nämlich, den sie so inbrünstig liebte, wie sie seinen ignoranten Trampel von einer Ehefrau verabscheute. Eine innige, nicht auf das rein Körperliche reduzierte, aber auch keineswegs darüber erhabene Beziehung verband ihn, den von der eigenen Ehefrau so tragisch Unverstandenen, mit ihr selbst, Tekla, und er versicherte ihr seit Monaten, vor jedem Vollzuge eines – für ihn jedenfalls – außerehelichen Beischlafes sogar mit besonderer Inbrunst, dass er seine Frau verlassen und künftig nur mit ihr zusammenleben würde, sobald er nur genügend Geld für einen Neuanfang gespart hätte, denn, das lag auf der Hand, glücklich zusammenleben würden sie hier, mit der verschmähten Verflossenen als Nachbarin, wohl kaum können; ein Umzug in ein neues Domizil wäre unvermeidlich.

So genoss Tekla die wenigen gemeinsamen Stunden, die sie miteinander verbringen konnten; doch an jedem Tag stand sie pünktlich fünf Minuten vor zwölf Uhr am Fenster ihres Hauses, Wünschelstraße Ecke Hördter Straße, sah auf besagte Wünschelstraße hinaus und wartete darauf, dass der Herr Schmattloch zum Essen nach Hause kam, um so wenigstens einen kurzen Blick auf ihn werfen zu können, wenn ein Stündchen oder mehr trauter Zweisamkeit so gar nicht

BOISELLE 607

möglich sein wollte. Sobald Herr Schmattloch das benachbarte Haus betreten hatte, lief sie üblicherweise nach hinten in ihr Esszimmer, von dessen Fenster aus man durch das Fenster gegenüber in die Küche der Schmattlochs sehen konnte. Da stand er manchmal an der Spüle, wusch sich die Hände und sah zuweilen verstohlen zu ihr herüber. Sie winkte ihm zu, während er sich, der Xanthippe wegen, eine jegliche Regung verkniff und sich besonders ungerührt gab. Manchmal, wenn sie ganz besonders der Hafer stach, schob sie mit dem jugendlichen Übermut eines jungen Dings die Bluse hoch und bot ihm einen kurzen Blick auf die beiden hervorstechenden Merkmale ihrer Anatomie, denen er, in einem Augenblicke trauten Beisammenseins, Scherzbold in allen Lebenslagen, der er nun einmal war, einst den Kosenamen „Fix und Foxi" gegeben hatte. Ach, so gebildet war er, der Herr Schmattloch, und immer so witzig, stets einen launigen Scherz auf den Lippen!

An diesem besonderen Tage verweilte sie jedoch ausnahmsweise ein wenig länger am vorderen Fenster, hatte sie doch, kaum dass der Herr Schmattloch aus ihrem Gesichtsfeld verschwunden gewesen war, ihre Erzrivalin Johanna Pattberg von der Hördter Straße kommend in die Wünschelstraße einbiegen sehen. Natürlich entging Tekla der schmachtende Blick nicht, mit dem sie Schmattloch bedachte, ehe dieser das Hoftor hinter sich schließen konnte, und wiewohl sie wusste, dass die alte Schachtel, die mit ihren achtundfünfzig Jahren bereits vollkommen ergraut war, was sie freilich unter einer brünetten Tönung verbarg, deren Farbe ungefähr so echt wirkte wie ein Dreihunderteuroschein, ihr nicht das Wasser reichen konnte, genügte die brünstige Lüsternheit, mit der die Pattberg den arglosen Schmattloch verfolgte – Männer konnten in ihrer Arglosigkeit ja so naiv sein! – stets, ihr, Teklas, Blut in Wallung zu bringen.

So blieb Tekla heute ausnahmsweise am Fenster stehen, blickte der anderen Frau nach, bis diese mit schamlos-laszivem

Hüftschwung die Gustav-Ullrich-Straße überquert hatte und ebenfalls außer Sichtweite verschwand, sah noch minutenlang düsteren Blickes ins Leere und dachte schwärzeste Gedanken, das schreckliche Los und die Pest betreffend, die sie ihrer Rivalin von Herzen an den Hals wünschte, besann sich erst verspätet wieder ihres Herzallerliebsten und lief hastig durch das Haus zum Esszimmerfenster.

Sie wusste nicht genau, wie lange sie am vorderen Fenster gestanden hatte, aber mehrere Minuten mochten es gut und gerne gewesen sein, daher hegte sie keinerlei Hoffnung mehr, den Geliebten noch händewaschenderweise am Spülbecken zu erblicken, und tatsächlich, als sie sich, auf den Sims gestützt, über das schmale Sideboard unter ihrem Fenster beugte und möglichst unauffällig ins Nachbarhaus blickte, sah sie nur seine garstige Rippe von einem Weibsbild, und auch diese nur teilweise. Die Schmattloch griff gerade nach einer Pfanne auf dem Küchentresen, und Tekla überlegte, ob sie noch einen Moment stehen bleiben sollte, denn manchmal kam es vor, dass Herr Schmattloch, ihr geliebter Ernst, mit dem Stuhl nach hinten gaunschte, so dass sie wenigstens noch einen flüchtigen Blick auf seinen Hinterkopf erhaschen konnte, wenn er am Esstisch saß. Als Tekla sich eben resigniert damit abgefunden hatte, dass sie ihn heute wohl nicht mehr zu sehen bekommen würde, holte die Schmattloch drüben mit der Pfanne aus und schlug heftig nach der Stelle gerade außerhalb von Teklas Sichtfeld, wo ihr Liebster sitzen musste.

Tekla fuhr mit einem lauten Aufschrei zurück und beugte sich gleich darauf, von der irrationalen Angst erfüllt, man könnte diesen Laut des Entsetzens, den geschlossenen Fenstern zum Trotz, bis ins Nachbarhaus gehört haben, noch einmal vor, um sich zu vergewissern, dass sie weder einer Sinnestäuschung aufgesessen noch gehört worden war. Frau Schmattloch stellte mit einer Ruhe und Gelassenheit, die Tekla als geradezu beängstigend empfand, die schwere Pfanne weg und verschwand vom Fenster. Von Teklas geliebtem Ernst konnte man nicht einmal mehr den Haarkranz am Hinterkopf erkennen.

Tekla Rönneburger zitterte so sehr, dass sie sich am Sideboard festhalten musste, als sie sich endgültig vom Fenster abwandte. Oh, dieses infame Weibsbild! Sie hatte stets die unterschwellige Befürchtung gehegt, dass dieses Dreiecksverhältnis, wiewohl sie und Ernst Schmattloch sich gleichermaßen um ein Höchstmaß an Diskretion bemüht hatten, einmal ein böses Ende nehmen würde, aber dass die Person es fertig bringen würde, den eigenen Ehemann einfach kaltblütig zu erschlagen, das hätte sie sich in ihren schlimmsten Albträumen nicht ausmalen können. Doch jetzt bestand kein Zweifel, Frau Schmattloch musste von ihrer Affäre Wind bekommen haben. In ihrer Nervosität lief Tekla aufgeregt wie ein aufgescheuchtes Huhn im Zimmer auf und ab und fragte sich verzweifelt, was sie tun sollte. Schließlich beschloss sie, ein Gedanke, der ihr als erstes in den Sinn hätte kommen müssen – dass dem nicht so war, konnte nur dem schlimmen Schock geschuldet sein, den sie erlitten hatte –, zum Telefon zu greifen und die Polizei zu informieren. Am Ende blieb der gemeinen Mörderin noch Zeit, die Leiche wegzuschaffen und die ganze Untat zu vertuschen!

Mit zitternden Fingern schlug sie die Nummer der Polizei nach, obwohl sie wusste, dass der Dorfpolizist mehr zu den Leuten gehörte, deren Gehirnkonto sich permanent knietief im Dispo befindet. Aber so oft sie auch wählte, das andere Ende der Leitung war stets besetzt, und mit jeder Minute, die verging, wuchs Teklas Befürchtung, eine großangelegte Beseitigungs- und Vertuschungsaktion könnte im Nachbarhaus schon ihrer Vollendung entgegengehen.

Schließlich legte sie, zu gleichen Teilen von Verzweiflung, Ungeduld und Wut erfüllt, den Hörer auf die Gabel und lief in die Diele, wo sie, nach neuerlichem ratlosem Auf- und

Abgehen, die Haustür aufriss, ins Freie trat, auf die Straße hinausging und schon den Türgriff am Hoftor der Schmattlochs umklammert hielt, als sie wieder zu Verstand kam. Natürlich durfte sie das Haus auf gar keinen Fall betreten und die Untäterin zur Rede stellen! Was, wenn diese, von Eifersucht und Hass zu einem wahren Blutrausch angestachelt, den Entschluss fasste, auch gleich ihre Konkurrentin mittels eines schnöden, für alle Außenstehenden harmlosen Küchengeräts vom Leben zum Tode zu befördern? Nein, als einzige Zeugin der Bluttat durfte sich Tekla diesem Risiko nicht aussetzen. In jedem Falle schien Eile das Gebot des Augenblicks zu sein, und so lief Tekla die Wünschelstraße entlang Richtung Hauptstraße, um, falls erforderlich, die ganze Strecke bis zur Polizeidienststelle zu Fuß zurückzulegen. Unterwegs fiel ihr ein, dass sie ihr Handy hätte mitnehmen sollen, damit sie von unterwegs weiter versuchen konnte, den Wachtmeister zu erreichen, aber jetzt war es zu spät, und umkehren wollte sie nicht mehr.

An der Ecke Wünschel- und Hauptstraße blieb sie, schon leicht außer Atem, vor dem Eingang der Bier- und Weinstube *Zum Eck* stehen, sah sich kurz um und überlegte, ob sie sich an den Privatdetektiv wenden sollte, der in dem scheußlich blassgrünen Haus auf der anderen Straßenseite sein Büro hatte, doch dann schaute sie die Straße in die andere Richtung hinab und sah, glückliche Fügung des Schicksals, eben jenen Wachtmeister Staudte, den sie so verzweifelt am Telefon zu erreichen versucht hatte, die Straße entlang kommen. Mochte er auch nicht gerade eine Zierde seines Berufs genannt werden, so würde er ihr doch gewiss zuhören und handeln und die erforderlichen Schritte einleiten. Und zwei Leuten, darunter ein Polizist, konnte Frau Schmattloch ganz sicher nicht so einfach den Garaus machen.

In der Ferne, aus Richtung der B9, erklangen Polizeisirenen, und Tekla fragte sich einen Moment, ob Frau Schmattlochs schändliche Mordtat schon entdeckt sein mochte.

Es gelang ihr noch, die Wünschelstraße zu überqueren, aber sie kam nur bis zur Telefonzelle an der Grenze des Grundstücks von Herrn Sagnes Gebrauchtwagenhandel; dort musste sie sich abstützen und auf den Wachtmeister warten, der ebenfalls sichtlich schnaufte, als er sie erreichte. In der kurzen Zeit konnte sie noch einmal einen Blick um sich werfen und sich wundern, wie ausgestorben die Straße wirkte, aber da stand der Polizist auch schon vor ihr, mit einem breiten Grinsen in seinem jugendlichen Pferdegebiss, das ihm freilich gleich vergehen würde, wenn Tekla ihm ihr Wissen preisgab.

„Herr Wachtmeister ...“, begann sie atemlos und mit etwas bebender Stimme, sowohl vor Nervosität, aber auch wegen eines leichten Fröstelns, das sie nun überkam. Sie hatte ihr Haus überstürzt verlassen und nicht daran gedacht, etwas anzuziehen, was auch nicht erforderlich schien, so warm wie es die ganze Zeit gewesen war, aber jetzt hatte sich eine dunkle Wolkenbank vor die Sonne geschoben, und die Wärme verschwand mit ihr. Mit einem Mal schien es fast herbstlich kühl zu sein. Der große, schwerfällige Mann, dem das Uniformhemd aus der Hose gerutscht war, als hätte er einen längeren und anstrengenden Weg hinter sich, unterbrach sie mit einem für ihn durchaus ungewöhnlich barschen Tonfall.

„Was haben Sie denn auf der Straße zu suchen?“, herrschte er sie regelrecht an und ordnete seine Gesichtszüge zu einer Miene strengen Missfallens, was ihm eine gewisse Ähnlichkeit mit einem von Blähungen geplagten Maultier verlieh. „Ja, haben Sie denn die Rundfunkdurchsagen nicht gehört?“

„Ich höre nie Radio“, entgegnete Tekla automatisch und ein wenig unwirsch ob der Unterbrechung, wo sie dem Wachtmeister doch ein Kapitalverbrechen melden musste, aber der ließ sie wieder nicht zu Wort kommen.

„Die Bellheimer Sparkasse ist überfallen worden“, informierte er sie. Er hatte die Angewohnheit, in regelmäßigen Abständen ein den Lauten eines Esels nicht unähnliches Lachen von sich zu geben, ob es zur Situation passte oder nicht. So auch jetzt wieder. „I-aah, i-ahh“, machte er, und im nächsten Moment wieder ernst: „Der Täter ist bewaffnet und gefährlich, alle Anwohner wurden aufgefordert, in den Häusern zu bleiben. Ich muss Sie dringend bitten ...“

Tekla Rönneburger ließ den Blick abermals die Hauptstraße hinauf und hinab schweifen. Darum also war keine Menschenseele unterwegs ... doch, eine schwarzgekleidete Gestalt mit silbernem Haar, offenbar eine ältere Dame, bog ein gutes Stück entfernt an der nächsten Kreuzung gerade hastigen Schrittes von der Hauptstraße in die Rülzheimer Straße ab und verschwand hinter dem ersten Häusereck. Tekla wandte sich wieder an den Polizisten und war fest entschlossen, sich nicht noch einmal unterbrechen zu lassen. „Herr Wachtmeister“, sagte sie nachdrücklich und unterbrach damit ihrerseits seinen anhaltenden, von gelegentlichen Eselslauten unterbrochenen Wortschwall über die Gefahren für Leib und Leben, die es mit sich brachte, auf den Straßen zu verweilen, während selbige von einem brutalen Übeltäter unsicher gemacht wurden, „leider muss ich selbst ein Schwerverbrechen melden. Ich habe versucht, anzurufen ...“

„Seit dem Banküberfall laufen bei uns die Telefonleitungen heiß“, sagte er, als hätte er sie gar nicht verstanden. Er sah ungeduldig die Hauptstraße hinunter, die kurz nach der Kreuzung mit der Rülzheimer Straße eine Biegung machte (wo, ein weiteres gutes Stück entfernt und in einer Nebenstraße, die Filiale der Sparkasse lag), als könnte er es kaum erwarten, zum Tatort zu gelangen und den Räuber selbst dingfest zu machen. „Ich bitte um Entschuldigung“, fuhr er fort, „aber Sie sollten wirklich wieder nach Hause gehen und mich ...“

Er verstummte, als hätte er ihre Worte gerade erst registriert, und kratzte sich an der Stirn, wo braune Locken unter der Schirmmütze hervorquollen. Sein Gesicht wurde, wenn das überhaupt möglich war, noch länger, und er sah Tekla mit großen Augen an. „Ein Schwerverbrechen? I-aah, i-ahh. Also mich tritt ein Pferd.“ Er sah die Hauptstraße entlang, dann Tekla ins Gesicht. „Zwei Verbrechen an einem Tag, in unserem beschaulichen Dorf?“

„Ja“, antwortete Tekla, sichtlich froh darüber, dass sie endlich zu Wort kam und sich ihre Last von der Seele reden konnte. Aber vor den Lohn hatten die Götter leider Wachtmeister Staudte gesetzt, der sie abermals nicht zu Wort kommen ließ.

Sein Gesicht nahm einen Ausdruck an, den er vermutlich sachlich und professionell fand, der für Tekla jedoch mehr die Leere seiner Miene betonte. „Und was für ein Verbrechen soll das sein?“ Als wären ihm Zweifel an ihrer Glaubwürdigkeit gekommen. „I-ahh?“

„Frau Schmattloch hat ihren Mann erschlagen, ich habe es mit eigenen Augen gesehen, Sie müssen sofort mit mir kommen, ehe sie die Leiche wegschaffen kann“, stieß Tekla in einem einzigen schnellen Wortschwall hervor, um weiteren Unterbrechungen vorzubeugen. Und mit diesen Worten packte sie den Wachtmeister am Hemdenzipfel und zog ihn das kurze Stück zurück zur Wünschelstraße. „Hier entlang“, sagte sie, „Nummer achtzehn ...“

„Ich weiß, wo die Schmattlochs wohnen“, sagte Wachtmeister Staudte, dem es missfiel, derart respektlos von einer Zivilperson herumgezerrt zu werden, während andernorts wichtige Aufgaben seiner harrten. „Ich bin sicher, Sie haben sich geirrt. Es kann unmöglich sein, dass ...“

„Doch, doch“, versicherte Tekla ihm mit einem ersten leisen Unterton von Hysterie in der Stimme, und abermals, wie zur Bekräftigung: „Ich habe es mit eigenen Augen gesehen. Mit einer Pfanne hat sie ihn erschlagen, in ihrer Küche. Kommen Sie, Sie müssen sich überzeugen und selbst ein Bild von der Lage machen; ich habe Angst, sie könnte die Leiche wegschaffen, während wir hier kostbare Zeit vergeuden ...“

Die Polizeisirenen klangen mittlerweile deutlich lauter und schienen nicht mehr nur aus Richtung der B9 zu kommen, sondern von überall her, als würden sich aus sämtlichen umliegenden Orten – Westheim, Knittelsheim, Rülzheim – Streifenwagen nähern. Staudte wünschte sich nichts sehnlicher, als umgehend zum Tatort zu eilen, zur Sparkasse, wo er versuchen würde, alle Fakten zu klären und den Täter dingfest zu machen. Oh, seltene Gelegenheit für einen kleinen Dorfpolizisten, zu Ruhm und Ehre zu kommen! Er sah schon sein Foto auf der Titelseite der *Rheinpfalz*, die rauchende Pistole in der Hand, einen Fuß auf dem Rücken des am Boden liegenden Bankräubers, wie ein Großwildjäger mit seiner zur Strecke gebrachten Beute. (Der Gedanke, sich den Kopf des Räubers präparieren und, ordentlich auf einem Holzschild mit Namen und Datum befestigt, wie eine Jagdtrophäe über das Kanapee in seinem Wohnzimmer hängen zu lassen, schoss ihm durchaus kurz durch den Kopf.) Der Held des Tages würde er sein! Und jetzt diese unliebsame Störung ... Andererseits, wenn es ihm gelingen sollte, an ein und demselben Tag einen Bankräuber zu schnappen *und* einen Mordfall aufzuklären und die Mörderin festzunehmen ... Nicht auszudenken. Vielleicht schaffte er es sogar in die Regionalnachrichten des Fernsehens, wenn nicht in die *Tagesschau!*

So seufzte Wachtmeister Staudte, halb resigniert, halb in einem wahren Taumel der Vorfreude auf kommenden Ruhm. „Also gut“, sagte er, wahrte jedoch gewisse Vorbehalte und Zweifel an der Aussage der Frau Rönneburger. Nur nicht zu sehr nach den Sternen greifen, denn wer allzu hoch steigen wollte, der fiel nicht selten besonders tief. Die Aufklärung eines einzigen Verbrechens würde vorerst genügen; schließlich war er noch jung und hatte ausreichend Zeit, sich als Experte in Sachen Kriminalistik und Verbrechensaufklärung zu profilieren. „Ich komme mit, obwohl ich sicher bin, dass Sie sich alles nur eingebildet haben. Sollte sich jedoch herausstellen, dass Sie mir einen Streich spielen, Schabernack mit mir treiben und mich hier von einem wichtigen Einsatz zum Schutze der Bevölkerung abhalten ..."

„Glauben Sie wirklich, ich würde mit so etwas scherzen?", fuhr sie ihn an und ging, nachdem sie seinen Hemdenzipfel losgelassen hatte, im Vertrauen darauf, dass er ihr von allein folgen würde, forschen Schrittes den Weg zurück, den sie gekommen war, in Richtung Haus der Schmattlochs. Am Grundstück unmittelbar nach dem Gebrauchtwagenhandel Sagne stand die alte Frau Forkenbeck, offenbar vom Heulen der Polizeisirenen angelockt, am Tor. Sie war sechsundneunzig und bei den meisten Leuten im Ort überaus beliebt, was vermutlich teilweise darauf zurückzuführen war, dass sie seit Jahren kein Wort mehr, mithin auch kein böses, über irgendeinen Menschen verloren hatte, ja, soweit allgemein bekannt, überhaupt nur noch einen einzigen Satz sprach, egal, worauf sie auch angesprochen wurde.

Diesen Satz brachte sie auch jetzt wieder an, als Tekla Rönneburger und Wachtmeister Staudte an ihr vorbeiliefen. „Das ist das Ende der Welt!", rief sie den beiden Passanten fröhlich zu, was der Wachtmeister mit einem beiläufig-hastigen „I-aah, i-aah", quittierte und seines Weges ging.

3

Rautgunde Hassenröther hatte die Tür ihres alten Fachwerkhäuschens an der Hauptstraße bereits abgeschlossen, als sie sich umdrehte, den wolkenverhangenen Himmel sah, erschauerte und noch einmal hineinging, um sich wenigstens einen dünnen Sommermantel zu holen. Soviel Zeit musste sein, denn wenn man die Sechzig erst einmal überschritten hatte, konnte man, was diverse Krankheiten und Zipperlein anging, gar nicht vorsichtig genug sein, auch wenn ihre Freundin Erna Schmattloch sie am Telefon zu größter Eile aufgefordert hatte. „Ich habe *es* endlich getan, komm schnell her", sagte sie, und während Rautgunde die Haustür zum zweiten Mal absperrte, fragte sie sich erneut, was dieses so ominös betonte „es" wohl sein mochte.

Sie ging, so schnell es ihr Alter eben zuließ, Richtung Ortsmitte, passierte das *Bellheimer Braustübel*, die Wirtschaft *Zum Ochsen*, die Eisdiele und dachte sich, nach einem prüfenden Blick zum Himmel, dass das unnatürlich warme Wetter der vergangenen Tage und Wochen jetzt wohl eindeutig zu Ende ging. Die dunklen Wolken, die sich vom Pfälzerwald herübergeschoben hatten, brachten unangenehm kalte Luft mit sich – so kalt, dass die Luftfeuchtigkeit zu kondensieren schien und sich erste zarte Nebelschleier über dem Asphalt der Straße bildeten. Vermutlich waren diese plötzlichen Wetterumschwünge auch auf solche Phänomene wie Klimawandel und Erderwärmung und das ganze neumodische Zeug zurückzuführen, das sie heutzutage erfanden und von dem man immer öfter in den Nachrichten hörte oder in der Zeitung las.

Rautgunde hielt sich den Kragen zu und den Kopf gebeugt, und so kam es, dass sie, kaum in die Straße eingebogen, die zur Brauerei und zum Friedhof führte, aber auch zu einem kleinen Feldweg, über den man die Ortsmitte, die Hördter Straße und die Wünschelstraße, ihr Ziel, abseits der dichtbefahrenen Hauptverkehrsader erreichen konnte (eine Route, der sie stets den Vorzug vor der lärmenden Hauptstraße gab, wenn ihr bei schönem Wetter der Sinn nach einem Spaziergang stand), plötzlich mit jemandem zusammenstieß. Sie schaute erschrocken auf und sah, dass es sich um einen Mann mittleren Alters mit goldblondem Haar handelte, der es sehr eilig zu haben schien. Er trug einen schwarzen Anorak, als hätte er den Wetterumschwung vorhergeahnt, und einen prallvollen und offenbar auch recht schweren Rucksack auf dem Rücken. Rautgunde sah dem Mann eindringlich ins Gesicht, kam zum Ergebnis, dass er ihr offenbar nichts Böses wollte und der Zusammenstoß auch eindeutig ihre Schuld gewesen war, entschuldigte sich höflich bei ihm und wollte schon weiter, als ein so kalter Windhauch von Friedhof und Ortsrand herüberwehte, dass sie beschloss, statt des ungeschützten Feldwegs doch lieber über die Hauptstraße zu gehen. Dachte es, machte kehrt, ging die wenigen Schritte zurück und bog nach links ab. Der Mann schien unentschlossen zu sein, wohin er selbst gehen wollte, und einen Moment befürchtete sie, wiewohl sie, bildete sie sich jedenfalls ein, nicht zu den alten Jungfern gehörte, die allerorten böse Männer sahen, die ihnen nachstellten, er könnte ihr den Rempler übel nehmen und ihr folgen. Doch dann näherte sich von der anderen Seite, aus Richtung der Sparkasse, ein Auto, und da drehte er sich um und ging entspannt schlendernd und auf einmal alles andere als eilig Richtung Ortsrand.

Sie überlegte kurz, dass die Hauptstraße heute, selbst für die Mittagszeit, erstaunlich unbelebt wirkte, fragte sich, was die vielen Polizeisirenen wohl zu bedeuten hatten, und dachte schon, sie und der unbekannte Mann wären die einzigen, die sich im Freien aufhielten, aber da sah sie, kurz bevor sie in die Rülzheimer Straße abbog, eine ganze Strecke entfernt zwei Leute, einer davon offensichtlich ein Polizist und vermutlich Dorfwachtmeister Staudte, ins Gespräch vertieft. Sie ging die Rülzheimer Straße entlang, am Modegeschäft Müller, Optik Kuntz und dem Schlecker-Markt vorbei, und als sie das kurze Stück der Hördter Straße bis zur Wünschelstraße zurückgelegt hatte, sah sie, dass ihre Vermutung richtig gewesen war, denn da kam ihr tatsächlich Wachtmeister Staudte entgegen, dem keine andere als Tekla Rönneburger vorauseilte, ausgerechnet diese unangenehme Person, der Rautgunde stets nach besten Kräften aus dem Weg ging, wenn sie ihre Freundin besuchte, was sich aufgrund der Nachbarschaft leider nicht immer vermeiden ließ.

Rautgunde legte gerade die Hand auf den Torgriff des Schmattlochschen Grundstücks, da fing Tekla auch schon sichtlich aufgeregt mit den Armen zu rudern an und verfiel in einen hastigen Laufschritt, dem sich der Wachtmeister mit allen Anzeichen von Widerwillen anschloss.

„Halt, nicht", sagte Tekla keuchend und versperrte Rautgunde den Weg, „du kannst da nicht rein!"

Rautgunde wollte sich gerade entrüstet jede Einmischung in ihre Angelegenheiten verbieten, da sah sie, dass Tekla tatsächlich Tränen in die Augen traten. „O Gott", hörte sie die Nachbarin der Schmattlochs sagen, „es ist so furchtbar, aber Erna hat vorhin ihren Mann erschlagen. Ich habe es mit eigenen Augen gesehen."

Hinter ihr schüttelte Wachtmeister Staudte, der sich fragte, ob die hysterische Person sich mit der mantrahaft wiederholten Bekräftigung, dass sie Augenzeugin sei, vielleicht selbst

BOISELLE
608

davon überzeugen wollte, dass sie keinen Hirngespinsten aufsaß, behäbig den Kopf.

„Noch wissen wir nichts", sagte er mit tiefer Stimme, die gleichermaßen die Würde seines Amtes betonen und ihn als Herrn der Lage ausweisen sollte, aber Rautgunde war leichenblass geworden und hoffte, dass man ihr den Schrecken nicht anmerken würde.

„Was redest du denn da?", fuhr sie Tekla an, während gleichzeitig eine unheilvolle Erkenntnis, was ihre beste Freundin mit *„es"* gemeint haben mochte, sie erfüllte. Konnte es möglich sein? Wie oft hatte sie Erna sagen hören, dass sie den Alten eines Tages kalt machen würde, und obwohl sie es dem Ekel von Herzen gegönnt hätte, schien es ihr doch stets nur eine Drohung zu sein, wie man sie eben im Zorn manchmal ausstieß, bloßes Dahergerede. Aber nun erfüllten die Sirenen, die allerorten zu hören waren und die ganze Zeit laut und immer lauter wurden, als wäre tatsächlich die Wünschelstraße ihr Ziel, sie mit einem Gefühl des Unbehagens. Es schien, als würden Polizeiwagen aus allen Himmelsrichtungen gefahren kommen, um sich hier, an diesem Punkt, zu treffen und ...

Sie merkte, dass Staudte wie Tekla sie fragend ansahen und konzentrierte sich. „Aber Tekla", sagte sie begütigend, während sie sich verzweifelt überlegte, was sie tun, wie sie den Polizisten abwimmeln könnte, sollte sich der Vorwurf der Nachbarin tatsächlich als stichhaltig erweisen, „ich bin sicher, dass du dich irrst."

Während sich die weinende Frau mit einem fast wimmernden „Nein" abwandte, beugte sich Rautgunde zu dem Polizisten und flüsterte ihm so leise etwas zu, dass dieser nur die Worte „Nerven ... Wechseljahre ... überspannt" verstehen konnte.

Staudte hörte die Worte mit einer gewissen Erleichterung, schienen sie doch zu bestätigen, was er von Anfang an vermutet hatte. Dennoch sah er es als seine Pflicht an, und sei es nur, um die untröstliche Frau zu beruhigen (von Ruhm und Ehre ganz zu schweigen), einen Blick in das Haus zu werfen. „Ich gehe nachsehen", verkündete er daher bestimmt und stieß mit einer knappen, aber festen Bewegung seiner kräftigen Arme das Hoftor auf.

„Nein", stieß Rautgunde mit einem Kiekser in der Stimme hervor und biss sich auf die Zunge, als wiewohl Tekla wie auch Staudte sie verblüfft ansahen. „Ich meine", fuhr sie um Ruhe bemüht fort, „vielleicht wäre es besser, wenn ich vorgehe; Erna könnte sich zu Tode erschrecken, wenn plötzlich ein Polizist bei ihr an der Tür klingelt, und dann noch die vielen Sirenen ... was hat es eigentlich damit auf sich?", wandte sie sich um einen möglichst beiläufigen Tonfall bemüht an Staudte. „Ich meine, die haben Sie doch hoffentlich nicht alarmiert, nur wegen ..." Sie nickte unauffällig in Teklas Richtung, damit die andere Frau es nicht mitbekommen sollte.

„Aber nein, i-aah, i-ahh", antwortete der Wachtmeister lächelnd, setzte jedoch sofort wieder eine ernste Miene auf, als er Teklas gekränkten Blick bemerkte. „Die Bellheimer Sparkasse ist überfallen worden. Der Täter scheint eine Menge Geld erbeutet zu haben und ist flüchtig. Die Polizei der gesamten Region wurde für eine Großfahndung alarmiert", letzteres sagte er mit einer sehnsüchtigen Stimme und einem kurzen Blick in die ungefähre Richtung, wo die Filiale der Sparkasse lag.

„Oh", sagte Rautgunde erschrocken, „das ist ja gar nicht weit von mir entfernt." Sie ging das kurze Stück zur Eingangstür des Hauses durch den Hof. „Ich habe einen Schlüssel", sagte sie zu dem Polizisten, und, als schiene ihr eine Erklärung geboten: „Erna ist meine beste Freundin."

Staudte nickte nur und sah zu, wie Rautgunde den Schlüssel ins Schloss steckte und herumdrehte. Die Tür ging mit einem leisen Quietschen nach innen auf.

„Lassen Sie sie auf keinen Fall allein da reingehen", flüsterte Tekla ihm sichtlich aufgeregt und mit immer noch tränenfeuchten Augen zu, „die beiden könnten schließlich unter einer Decke stecken."

„Jetzt ist es aber genug", sagte Staudte mehr als nur ein wenig gereizt, bemühte sich aber dennoch um einen väterlichen und beruhigenden Tonfall, um die Frau, deren Nerven offenbar völlig blank lagen, nicht noch mehr zu beunruhigen.

Derweil betrat Rautgunde das Haus und ließ die Eingangstür offen, so dass Staudte sehen konnte, wie sie durch die Diele ging und nach rechts durch eine Tür verschwand. Tekla stand an seiner Seite und machte wieder den Mund auf, um etwas zu sagen, doch Staudte gebot ihr, zu schweigen, indem er den Finger an die Lippen hielt.

Es dauerte nicht lange, da kam Frau Schmattloch persönlich durch die Diele zur Tür. Sie begrüßte den Polizisten mit einem kurzen Nicken, während sie Tekla mit einem Blick maß, in dem sich Fassungslosigkeit und Zorn die Waage zu halten schienen. „Was muss ich denn da für Sachen hören, Herr Wachtmeister?", fragte Frau Schmattloch und strich sich eine graubraun melierte Haarsträhne aus dem Gesicht. „Was sind das für absurde Vorwürfe, Tekla?", wandte sie sich scheinbar ehrlich gekränkt an ihre Nachbarin, „wie kannst du nur so schreckliche Dinge behaupten? Was ist denn in dich gefahren?"

„Ich habe es mit eigenen Augen gesehen", sagte Tekla zum wiederholten Male mit einem flehentlichen Blick zu dem Polizisten, und Staudte hielt es mittlerweile nicht mehr für völlig ausgeschlossen, dass es heute tatsächlich eine Tote geben würde, sollte sie diesen Spruch nur noch ein einziges Mal absondern.

„Nein, Herr Wachtmeister, hier ist alles in Ordnung", versicherte ihm die Dame des Hauses und tat so, als wollte sie die Tür wieder schließen.

Staudte hüstelte verlegen. „I-aah, i-aah, also davon bin ich überzeugt, liebe Frau Schmattloch", sagte er, so höflich er konnte.

„Aber wenn Sie gestatten, würde ich mich doch gern einmal selbst vergewissern“, was Tekla mit einem heftigen Nicken ihrerseits unterstrich.

„Die will Sie nicht reinlassen, merken Sie das nicht?“, flüsterte Tekla Rönneburger dem Polizisten zu.

„Aber davon kann keine Rede sein“, widersprach Frau Schmattloch unbekümmert und bat den Polizisten mit einer übertriebenen Geste herein, um jeden Zweifel zu zerstreuen. So freundlich sie sich dem Wachtmeister gegenüber gab, so kalt begegnete sie ihrer Nachbarin. „Du wartest besser hier“, befahl sie Tekla mit schroffer Stimme, um sogleich aufrichtig gekränkt hinzuzufügen: „Mir so etwas anzutun, also wirklich!“

Tekla konnte kaum fassen, mit welcher Überzeugung dieses ausgekochte Weibsbild die gekränkte Unschuld spielte. Die schien in der Tat noch kaltblütiger und abgebrühter zu sein, als Tekla nach dem Mord vermutet hatte. Dennoch blieb sie vor der Tür stehen und wartete, während Staudte und Erna Schmattloch ins Haus gingen.

Wachtmeister Staudte blieb an der Tür nach rechts stehen und warf einen Blick in den Raum, die Küche, wie sich herausstellte. Schmattloch, den er durch seine Arbeit in den öffentlichen Grünanlagen kannte, saß am Küchentisch, auf dem ein Eintopf stand, der die ganze Küche mit einem leckeren Geruch erfüllte, und hatte ihm den Rücken zugewandt. Auf der einen Seite des Tischs stand ein benutzter Teller, vermutlich der von Frau Schmattloch, auf der anderen Seite saß Rautgunde auf einem Stuhl. Sie hatte sich weit zu Schmattloch hinübergebeugt, hielt ihm die Hand und erzählte ihm kichernd etwas. Vermutlich die Geschichte von Tekla Rönneburgers absurder Anschuldigung, die Schmattloch stoisch und ohne eine Regung über sich ergehen ließ. Was für ein Wunder an Selbstbeherrschung, dachte Staudte anerkennend; er selbst wäre angesichts einer so ungeheuerlichen Anschuldigung vermutlich erst einmal ausgerastet!

„Möchten Sie nicht nähertreten?“, fragte Frau Schmattloch an seiner Seite.

Aber Staudte hatte bereits alles gesehen, was er sehen musste. „Nein, liebe Frau Schmattloch, ich habe mir ein Bild von der Lage gemacht“, sagte er, wandte sich von der Tür ab und ging zum Eingang zurück. „Außerdem bin ich in allergrößter Eile und kann es mir nicht leisten“ – mit einem bösen Seitenblick zu Tekla –, „mich auch nur noch einen Moment von wichtigen Angelegenheiten ablenken zu lassen.“ Er machte eine kurze Pause. „Ich bitte nochmals um Entschuldigung“, wandte er sich, an der Tür angekommen, an Frau Schmattloch und nickte ihr zu, während Tekla Rönneburger vor Fassungslosigkeit große Augen bekam.

Frau Schmattloch nickte ebenfalls freundlich. Staudte musste Tekla am Oberarm festhalten und regelrecht mit zum Hoftor ziehen. Sie ließ es wortlos geschehen, aber als er das Tor schließen wollte, schien sie zu sich zu kommen. Sie riss sich von ihm los und fuhr herum.

„Haben Sie ihn gesehen?“, fragte sie. „Haben Sie ihn mit eigenen Augen gesehen?“ Staudte ballte die Fäuste. „Die haben die Leiche verschwinden lassen! Die beiden stecken unter einer Decke. Sie hassen mich, weil ich ...“ Sie verstummte hastig, denn plötzlich schien es ihr unklug, den tumben Wachtmeister über ihre wahre Beziehung zu Herrn Schmattloch in Kenntnis zu setzen. „Warum durchsuchen Sie nicht das Haus? Das ist Ihre Pflicht als Polizist! Wenn eine unbescholtene Bürgerin ein Verbrechen meldet, müssen Sie dem nachgehen und ...“

„Halten Sie den Mund!“, fuhr Staudte die Frau an und schien einen Moment selbst erstaunt über den ungewohnten Zornesausbruch. „Sie haben Ihren Streich weit genug getrieben. Herr Schmattloch sitzt quietschvergnügt in der Küche und unterhält sich mit Frau Hassenröther.“ Damit machte er das Hoftor der Schmattlochs zu.

In dem Moment brauste ein Polizeiwagen vorn die Hauptstraße entlang; einen Moment, als er die Wünschelstraße passierte, klang die Sirene besonders laut. „Gehen Sie nach Hause, hören Sie auf, ihre Nachbarin zu belästigen, beruhigen Sie sich, trinken Sie einen Kamillentee und lassen Sie mich meine Arbeit machen.“ Sprach's, ließ die verdutzte Frau stehen und entfernte sich nach einem letzten geseufzten „I-aah“, das noch einen Moment in der Luft zu stehen schien wie der Hut einer Zeichentrickfilmfigur, die sich besonders schnell aus dem Staub gemacht hat, im Laufschritt, um endlich zum Tatort Sparkasse zu gelangen und sich mit Ruhm und Ehre und kriminalistischen Meriten zu bekleckern.

4

Als Frau Schmattloch die Küche wieder betrat, stand Rautgunde an der Spüle und wusch sich mit einem sichtlich von Widerwillen und Ekel verzogenen Gesicht die Hände. Sie konnte nicht glauben, dass sie es tatsächlich über sich gebracht hatte, einen Mann zu berühren, einen toten obendrein, aber schließlich ging es hier um das Wohl ihrer besten Freundin, und da waren Einfallsreichtum und schnelles Handeln gefragt und kein Opfer zu groß. Rautgunde ließ sich gegen den Kühlschrank sinken und atmete laut aus. Sie war sehr stolz auf ihren spontanen Einfall, so zu tun, als wäre sie in ein heiteres Gespräch mit Herrn Schmattloch vertieft, den sie rückblickend, als sie an die Reaktion des Polizisten dachte, fast genial fand.

„Puh", gab Erna Schmattloch mit einem Stoßseufzer von sich, „ich hatte tatsächlich einen Moment befürchtet, jetzt wäre alles aus."

„Also du hättest ihn wirklich nicht auch noch hereinbitten müssen", antwortete Rautgunde, die sich einen leicht vorwurfsvollen Unterton nicht verkneifen konnte. „Was, wenn er wirklich eingetreten wäre?"

„Was sollte ich denn machen?", konterte Frau Schmattloch mit einem hilflosen Unterton. „Ich durfte schließlich auf keinen Fall den Eindruck erwecken, als wollte ich verhindern, dass er die Küche betritt – das hätte ihn bestimmt misstrauisch gemacht. Auch wenn zugegebenermaßen nicht gerade ein

Sherlock Holmes an ihm verlorengegangen ist." Sie stieß sich vom Kühlschrank ab, ging um den Tisch herum und nahm auf ihrem angestammten Stuhl Platz. Nach einem Moment der Unentschlossenheit folgte Rautgunde ihrem Beispiel und setzte sich ebenfalls wieder auf ihren Stuhl am Tisch, achtete jedoch sorgfältig darauf, mit den Händen nicht einmal in Herrn Schmattlochs Nähe zu kommen. Gemeinsam betrachteten sie den Toten von oben bis unten.

„Ach", sagte Rautgunde nach einem Augenblick fast kontemplativen Friedens, „warum können sie nicht immer so sein?" Sie hatte den Mantel abgelegt, nachdem der Polizist gegangen war, und fühlte sich, obwohl die Heizung nicht eingeschaltet war, in ihrer weißen Spitzenbluse und dem dunklen selbstgestrickten Wolljäckchen rundherum wohl.

„Wer? Wie?", fragte Frau Schmattloch verständnislos.

„Na, Männer", sagte Rautgunde in dem leicht ungeduldigen, näselnden Tonfall, den man einem besonders begriffsstutzigen Kind gegenüber anschlagen würde. „Tot." Nach einer kurzen Pause, in der sie Herrn Schmattloch erneut einer eingehenden Betrachtung unterzog, fuhr sie dozierend fort: „Sieh ihn dir doch an. So ruhig. So friedlich. In dem Zustand könnte man sie wirklich gut halten. So hinterlassen sie keinen Dreck in der guten Stube, widersprechen nicht, sitzen brav neben dir und stören dich nicht beim Fernsehen, wenn du deinen Lieblingsfilm ansehen möchtest, und wollen gar keinen Fußball sehen." Neuerlicher Stoßseufzer. „Ach, warum können sie nicht immer so sein?" Der Anblick eines Mannes in einem so pflegeleichten Zustand erfüllte sie mit einem solchen Gefühl des Behagens, dass ihr ganz warm und wohlig ums Herz wurde.

Erna Schmattloch, die, was die Dinge des Lebens anbetraf, stets deutlich pragmatischer gewesen war als ihre Freundin, holte sie freilich umgehend wieder auf den Boden der Tatsachen zurück. „Ich fürchte nur", sagte sie sachlich,

„der Zustand wird nicht lange anhalten. Nicht der Tod, meine ich, daran dürfte sich wohl nichts mehr ändern.“ Sie gab ein kurzes, vergnügtes Kichern von sich. „Aber so frisch dürfte er sich schwerlich lange halten. Wir sollten zusehen, dass wir ihn möglichst schnell aus dem Haus bekommen – die nebenan gibt sicher nicht so leicht Ruhe“ – sie drehte sich kurz zum Fenster um und verfluchte sich, dass sie nicht an ihre Nachbarin gedacht hatte, als sie die Tat beging – „und beim zweiten Mal haben wir vermutlich nicht mehr soviel Glück. Außerdem“ – nüchtern und analytisch – „können wir ihn nicht so sitzen lassen. Ich hege doch erhebliche Zweifel daran, dass er in ein paar Tagen noch so einen angenehmen Anblick bieten würde.“

„Dass du dich aber auch nicht vorgesehen hast“, sagte Rautgunde mit einem leisen Hauch von Vorwurf in der Stimme. „Du weißt doch, dass sie ständig nach ihm“ – kurzes Nicken zu Herrn Schmattloch, der nach wie vor mit unbeteiligten, glasigen Augen die gegenüberliegende Wand anstarrte, als würde er es bezahlt bekommen – „geschielt hat.“

„Oh, und nicht nur das“, antwortete Erna Schmattloch. „Sie hat ihm auch schöne Augen gemacht. Und einmal – da stand ich vor der Küchentür und sie konnte mich nicht sehen, hat sie sogar den Busen vor ihm entblößt.“

„Die Schamlose!“, entfuhr es der entgeisterten Rautgunde, die sich nach Kräften bemühte, sich dieses für sie mehr als unappetitliche Bild gar nicht erst vor Augen zu führen. Als ob der Anblick des Toten nicht schon genug wäre. „Oh, Männer sind solche Tiere, solche triebhaften Bestien“, plapperte sie mit einem Blick auf den Gegenstand ihres Missfallens munter weiter. „Sei froh, dass du ihn los bist.“

„Noch bin ich es ja nicht“, entgegnete Frau Schmattloch pragmatisch. „Womit wir wieder beim Thema wären: Was sollen wir tun?“ Sie dachte einen Moment angestrengt nach. „Wir könnten ihn ins Auto packen, in den Park fahren und irgendwo ablegen, damit es wie ein Arbeitsunfall aussieht.“

„Wo nach diesem verfluchten Banküberfall überall Polizeiwagen auf den Straßen herumdüsen?“ Rautgunde dachte ebenfalls kurz nach. „Nein, das scheint mir zumindest vorerst ein zu großes Risiko zu sein. Warten wir lieber, bis die sich verziehen.“

„Aber das kann Stunden, wenn nicht Tage dauern“, wandte Frau Schmattloch ein. „Ich habe keine Ahnung, wie lange solche Großeinsätze dauern.“

„Na, bis sie den Kerl haben oder überzeugt sind, dass er längst über alle Berge ist.“ Ihre Freundin hatte zweifellos recht. Und da wenig Aussicht bestand, dass Tekla Ruhe geben und einfach wieder zur Tagesordnung übergehen würde, konnten sie den Toten wirklich nicht hier lassen. Nicht auszudenken, wenn Tekla zurückkam, womöglich gar mit einem anderen Polizisten, einem von der Kripo, der, anders als Staudte, keine Mitgliedschaft auf Lebenszeit im Club der geistig nicht gerade reich Gesegneten hatte. „Wir könnten ihn im Garten vergraben“, schlug sie nach einem plötzlichen Geistesblitz vor.

Das wiederum erschien Frau Schmattloch nicht eben besonders originell zu sein, aber wenigstens war es ein konstruktiver Vorschlag, der eine gründlichere Überlegung zu rechtfertigen schien.

„Irgendwann wird man ihn vermissen“, sagte Frau Schmattloch, den Blick in weite Ferne gerichtet. „Und ich werde eine plausible Erklärung parat haben müssen, was passiert ist oder sein könnte. Werden Sie dann darauf nicht zuerst kommen? Und wird ein frisch ausgehobenes und zugeschüttetes Loch im Garten keinen Verdacht erwecken?“

„Jaaa ...“, sagte Rautgunde gedehnt, „ich bin ja auch nicht gerade eine Expertin, was solche Dinge angeht, „aber ich finde, zuerst muss er weg von hier, falls noch mal jemand vorbeischaut. Und wenn unsere Zierde von der Dorfpolizei wiederkommen sollte, kannst du ja sagen, dass du gerade ein neues Blumenbeet angelegt hast.“ Sie kicherte und hielt sich zwei Finger vor die Lippen. „Vielleicht forderst du ihn ja einfach auf, es auszuheben. Dann macht er es bestimmt nicht."

„Man soll das Schicksal nicht herausfordern", sagte Frau Schmattloch, die den Humor der Freundin gerade nicht so sehr nachvollziehen konnte. „Aber du hast wohl recht. Wir hätten ihn erst einmal von der Backe und könnten uns in Ruhe überlegen, ob wir ihn heute Nacht oder morgen früh wieder ausbuddeln und wegbringen, und wir müssten keine Angst haben, dass ihn zufällig jemand findet."

„Dann machen wir es so!", sagte Rautgunde schwungvoll und wollte aufstehen, um das Vorhaben in die Tat umzusetzen. Sie hatte ihr ganzes Leben lang keine Scheu vor körperlicher Arbeit gehabt und half ihrer besten Freundin gern beim Graben, solange sie den Kerl nur nicht noch einmal anfassen musste.

„Moment", sagte Frau Schmattloch und hielt sie zurück. „Immer langsam mit den jungen Pferden. Ich finde, vor so einem Kraftakt und nach der ganzen Aufregung haben wir uns noch etwas verdient, findest du nicht? Gönnen wir uns was Leckeres." Sie überlegte einen Moment, was für ein süßer Lohn dem Augenblick am angemessensten sein könnte. „Gläschen Sherry?", fragte sie schließlich mit einem strahlenden Lächeln.

„Da sag ich nicht nein!", antwortete Rautgunde quietschvergnügt und klatschte in die Hände.

5

Mag man das Verhalten der beiden Freundinnen nicht auf Kaltblütigkeit und Abgebrühtheit, sondern auf eine eigentümliche Mischung aus Unbedarftheit, Naivität und Bauernschläue zurückführen, so lässt sich dieses Argument auf den Bankräuber selbst kaum anwenden. Dieser handelte von Anfang an mit einem Höchstmaß an Berechnung, setzte seinen Plan, soweit es die geistigen Fähigkeiten des Urhebers eben zuließen, wie ein Uhrwerk in die Tat um und handelte ganz entsprechend seiner Mutmaßung, welchen Lauf die Ereignisse nach begangener Untat nehmen würden.

Vor Betreten der nicht ganz unidyllisch an einem schmalen Bach gelegenen und über eine kleine Brücke zu erreichenden Bellheimer Filiale der Sparkasse vergewisserte er sich rasch, dass ihn niemand beobachtete, weder von den Nachbarhäusern noch vom gegenüber vor der Kirche gelegenen Pfarrhaus, noch aus der Filiale eines bekannten Textildiscounters an der Ecke des Parkplatzes, den sich die Bank und die besagte Filiale teilten, streifte eine dunkle Wollmaske über die schwarzen Haare und den struppigen schwarzen Bart, stürmte die Filiale, ließ eine der Angestellten absperren (er hatte genau darauf geachtet, dass er die Bank eine Minute vor zwölf betrat, da sie dann ohnehin schließen würde), hielt das gesamte Personal in Schach, zwang alle, bis auf den Kassierer, mit vorgehaltener Waffe eines der Büros zu betreten, wo er sie einschloss, und suchte schließlich in Begleitung des Kassierers den Tresorraum auf, wo er sich den silbermetallenen Koffer, den er bei sich hatte, bis zum Rand mit Banknoten füllen ließ.

Als er die Bank verließ, nachdem er auch den Kassierer eingesperrt hatte, mochte alles in allem vielleicht eine halbe Stunde vergangen sein. Er achtete sorgfältig darauf, dass er noch im Aufnahmebereich der Überwachungskamera, ganz so, als wäre er ein argloser Trottel, die Maske abnahm, den Kopf jedoch so hielt, dass man auf dem Videoband zwar Haare und Bart, nicht aber sein Gesicht erkennen würde. Dann verließ er die Bank in der Gewissheit, dass sich die Angestellten mit Sicherheit inzwischen befreit hatten und spätestens jetzt jemand den Notrufknopf drücken und die Polizei alarmieren würde, wenn es nicht schon geschehen war. Er lief hastig zur Hauptstraße, die, wie nicht anders erwartet, so gut wie menschenleer war, da die braven Bellheimer vermutlich alle beim Mittagessen saßen, überquerte sie, sah sich abermals um, schlich auf den Innenhof des Eckhauses und versteckte sich hinter einem Mauervorsprung und Mülltonnen. Dort ging er in die Hocke, füllte das Geld von dem metallenen Koffer in einen schwarzen Rucksack um, den er unter der Kleidung getragen hatte, warf den Koffer selbst in eine der großen Mülltonnen, wendete den roten Anorak, den er trug, der sich so wie durch ein Wunder in einen schwarzen verwandelte, nahm die schwarze Perücke herunter und zog, was nicht ohne ein gewisses schmerzhaftes Ziepen vonstatten ging, das man aber freilich für ein paar hunderttausend Euro in Kauf nehmen konnte, den struppigen falschen Bart ab; beides steckte er zu dem Geld in den Rucksack.

Zum Vorschein kam ein blonder Mann mittleren Alters, der ohne den Bart deutlich jünger wirkte und mit dem Bündel auf dem Rücken fast den Eindruck eines Rucksacktouristen erweckte. Der Mann kam nicht umhin, sein unscharfes Spiegelbild in einem silbernen Müllcontainer zu bewundern und sich zu seinem Geniestreich zu beglückwünschen – würde die

Polizei doch nach Sichtung des Videos der Überwachungskamera einen schwarzhaarigen, bärtigen Mann im roten Anorak mit silbernem Koffer suchen, keinen blonden Wandersmann. Noch während er sich bewundernd betrachtete und im Licht der eigenen Genialität sonnte, ertönten in der Ferne erste Sirenen. Verdammt, die waren aber echt schnell, was den Verdacht nahe legte, dass der Alarmknopf schon gedrückt worden sein musste, als er die Bank gerade betreten hatte! Er verließ mit beherzten Schritten sein Versteck – und stieß auf dem Bürgersteig mit einer alten Schachtel zusammen, die gerade um die Ecke gebogen zu sein schien. Die sah ihm einen Moment so stechend ins Gesicht, dass ihm ganz mulmig zumute wurde, wandte sich dann jedoch ab und ging, als hätte sie sich spontan überlegt, doch lieber einen anderen Weg einzuschlagen, zur Hauptstraße zurück.

Einen Augenblick kamen dem Mann leichte Zweifel an seinen Fähigkeiten als Superverbrecher, denn er hatte zugegebenermaßen nicht damit gerechnet, dass ihn jemand in unmittelbarer Nähe des Tatorts unverkleidet sehen würde. Er wollte der Alten hinterher, doch da kam ein Auto aus der Richtung der Sparkasse gefahren. Er wandte sich hastig ab und schlenderte, als könnte er kein Wässerchen trüben, die Straße hinauf Richtung Friedhof und Ortsrand, wo er nach links abbog und über die Felder lief.

Natürlich rechnete die Polizei damit, dass er sofort aus dem Ort fliehen würde, aber da irrten sie sich gewaltig, schließlich hatte seine Mutter keinen Dummkopf in die Welt gesetzt! Er überquerte ungerührt und ohne sich vom zunehmend lauteren Sirenengesang der Polizeiwagen beeindrucken zu lassen die Landstraße Richtung Rülzheim, passierte einen Bauernhof, an dessen Einfahrt ein Schild mit der Aufschrift „Kartoffelhof Böhm“ prangte, und ging geradeaus weiter. Wenige Minuten später gelangte er an eine Kreuzung, wo er einen prüfenden Blick zum Himmel warf. Das laue Frühlingswetter schien wie weggeblasen, dunkle Wolken zogen am Himmel dahin, es war empfindlich kühl geworden, und über den Feldern kräuselten sich tatsächlich erste Nebelschwaden.

Geradeaus, das wusste er, würde er zu den Bahngeleisen kommen, hinter denen ein Neubaugebiet mit dem seltsamen Namen „Im Hässlich" lag. Kein gutes Ziel. Zu offen, zu nahe am Ortsrand und der Bundesstraße 9. An den Ortsausgängen würden sie bestimmt ganz besonders wachsam sein. Der Bankräuber bog nach links ab, wo eine enorme dreistöckige Tabakscheune stand – als vorübergehendes Versteck vielleicht nicht ganz ungeeignet, aber der Räuber musste feststellen, dass die Tür zugenagelt war. Er ging um das Gebäude aus altem, verwittertem Holz herum, fand ein offenes Fenster, warf einen kurzen Blick zum gegenüberliegenden Fabrikgelände mit den Hallen aus blau gestrichenem Blech hinüber, ob ihn jemand sah, und schwang sich durch das Fenster hinein.

Im Inneren des Tabakschuppens setzte er sich auf einen Stapel Ziegeln in der Ecke, verschränkte die Arme hinter dem Kopf und lehnte sich entspannt zurück. Ein paar Minuten ausruhen, und dann würde er wiederum genau das tun, was die Polizei am wenigsten von ihm erwartete ... zum Ortskern von Bellheim zurückkehren, in eines der Häuser eindringen, und in aller Seelenruhe abwarten, bis sich die Aufregung gelegt hatte und die Bullen, die ihn natürlich längst anderswo wähnten, wieder abzogen und das Umland nach ihm absuchten.

6

Rautgunde Hassenröther und Erna Schmattloch tranken in der Zwischenzeit genüsslich ihren Sherry und plauderten noch ein wenig darüber, welche Vorteile es hatte, einen toten statt einen lebendigen Mann im Haus zu haben, bis Frau Schmattloch die für ihren Geschmack doch recht makabre Diskussion resolut damit beendete, dass sie aufstand und verkündete, am besten wäre es doch wohl, gar keinen im Haus zu haben, auch keinen toten, und schon gar nicht, wenn es im gesamten Ort von Polizisten nur so wimmelte. In Begleitung von Rautgunde begab sie sich in die Garage (Herrn Schmattloch ließen sie in der sicheren Gewissheit, dass er weder weglaufen noch ihnen folgen würde, in der Küche sitzen), nahm Spaten, Rechen und Harke zur Hand und ging in den Garten hinaus, um ein Loch auszuheben, das den verblichenen Gatten wenigstens als Notlösung vorübergehend aufnehmen konnte.

Es dauerte freilich nicht lange, bis die beiden Damen die Schwachstelle in Rautgundes Plan bemerkten. Frau Schmattloch, die mit Missfallen sah, dass die hohen Bäume in den Gärten der angrenzenden Grundstücke, die zu den Häusern in der Hördter Straße gehörten, inzwischen fast völlig im Nebel verschwunden waren, legte das Gartengerät auf den Boden und ließ den Blick schweifen. Die Grenzen zu den Nachbargrundstücken wurden von keinen Zäunen geschützt, hatte man sich doch vor Jahren, im Zeichen einer allseits guten

Nachbarschaft, darauf geeinigt, keinerlei trennende Mauern oder sonstige Trennwände zu errichten, von schmalen Rasenkanten einmal abgesehen, wodurch die insgesamt vier Gärten der unmittelbaren Umgebung auf den ersten Blick den Eindruck eines einzigen großen und zusammenhängenden Parks erweckten.

Während Frau Schmattloch sich solchermaßen umsah, fiel ihr Blick zwangsläufig auch auf das Haus von Tekla Rönneburger, und sie sah, oder bildete es sich zumindest ein, ihre Nachbarin hastig vom Fenster zurückweichen. Natürlich hatte Rautgunde recht gehabt, die Frau würde keine Ruhe geben, und sie konnten den toten Herrn Schmattloch unmöglich im Garten vergraben, wo sie wie auf dem Präsentierteller sitzen würden. Durch den Nebel, der immer dichter wurde und Erna Schmattloch jetzt wie eine glückliche Fügung schien, konnte man sie zwar aus den etwas weiter entfernten Gärten nicht mehr sehen, aber Tekla würde trotzdem noch alles mitbekommen, was sich im Garten der Schmattlochs abspielte, daher schien es Frau Schmattloch am besten zu sein, rasch den Rückzug anzutreten, ohne den Eindruck einer überstürzten Flucht zu erwecken.

„Vielleicht“, sagte Frau Schmattloch nach einem prüfenden Blick zum Himmel, der ausschließlich der Täuschung ihrer Nachbarin dienen sollte, „verschieben wir unsere Gartenarbeit lieber auf einen anderen Tag“, und beeilte sich, die verdatterte Rautgunde, die Tekla offenbar nicht gesehen hatte, zurück in die Garage zu bugsieren. Das Gartengerät nahm sie wieder mit, nur den Rechen vergaß sie in ihrer Hast und ließ ihn draußen auf dem Rasen liegen.

„Aber warum denn?“, fragte Rautgunde verdutzt. „Wir haben noch nicht einmal angefangen, und ...“

Frau Schmattloch hielt einen Finger an die Lippen. „Psst“, sagte sie leise. „Ich fürchte, Tekla beobachtet uns.“

„Oh“, machte Rautgunde und sah erschrocken durch die Tür in den Garten hinaus. „Daran hatte ich gar nicht gedacht.“

Die beiden Frauen schlichen mit hängenden Schultern, wie geprügelte Hunde oder ein vernichtend geschlagenes abziehendes Heer, ins Haus zurück und setzten sich erneut an den Küchentisch zu dem ungerührt vor sich hinstarrenden Toten, der beiden mit jeder Minute mehr zuwider wurde.

Jetzt schien guter Rat wahrlich teuer. Rautgunde bedachte Ernas toten Gatten mit unverhohlener Verdrossenheit. Ganz so weit her schien es mit der vielbeschworenen Pflegeleichtigkeit toter Gemahle, deren Vorzüge sie vor kurzem erst so nachdrücklich aufgezählt hatte, denn doch nicht zu sein. Herr Schmattloch, so kam es ihr selbst vor, und seiner nicht über die Maßen trauernden Witwe offenkundig ebenfalls, schien tot plötzlich noch mehr Ärger zu machen und Probleme aufzuwerfen als lebendig.

„Gläschen Sherry?“, schlug Frau Schmattloch erneut vor, nur um die peinliche Gesprächspause zu überbrücken und von ihrer Ratlosigkeit abzuwenden. Als Rautgunde abwehrend die Hände hob, blieb sie beharrlich. „Nur ein kleines, während wir überlegen“, worauf sich die andere Frau ihr Glas, wenn auch mit einer vage zweifelnden Miene, doch nachfüllen ließ.

Frau Schmattloch sah sich in der Küche um, betrachtete die polierten Holzoberflächen der Küchenschränke, die weiße Kühlschranktür, die Schiefertafel, auf die sie ihre Einkaufsliste schrieb, und daneben die Pinwand, an der alle möglichen Zettelchen und Dokumente hingen, darunter auch, deutlich sichtbar, der Abfallkalender der Kreisverwaltung Germersheim, der auf der Vorderseite (sichtbar) genau verzeichnete, was für eine Art von Müll – alle Arten von wiederverwertbaren Verpackungen in gelben Plastiksäcken, Hausmüll, Papiermüll, Biomüll (für alle, die keinen eigenen Komposter im Garten stehen hatten) – freitags abgeholt wurde, denn die Müllabfuhr kam stets freitags, es sei denn, es war ein Feiertag in der Woche. Auf der Rückseite (unsichtbar) dagegen waren wertvolle Tipps vermerkt, wie man mit welcher Art von Sondermüll am besten zu verfahren habe. Da stand alles über die Beseitigung von Autobatterien, Elektrogeräten, Sperrmüll und so weiter, nur über die wirklich brennenden Fragen des Lebens, wie man zum Beispiel einen toten Gatten fachgerecht und ohne übertriebenen Anstoß zu erregen entsorgte, darüber schwieg sich die Kreisverwaltung natürlich behördentypisch aus.

„Wir könnten ihn zerlegen und in den Komposter geben", sagte Frau Schmattloch plötzlich von einem Geistesblitz durchzuckt und mit vom Sherry leicht gelockerter Zunge. „Die Teile transportieren wir in Eimern und Körben, damit Tekla sie nicht sieht, und –"

Aber Rautgunde machte ein derart schockiertes Gesicht, dass Frau Schmattloch alsbald bereute, das Thema überhaupt angesprochen zu haben. „Das war ein Scherz", bemühte sie sich hastig um Schadensbegrenzung und prostete ihrer besten Freundin zu, worauf sie sich beide wieder dem Toten zuwandten.

Herr Schmattloch saß nach wie vor der Wand gegenüber zugedreht, in die seine Augen eigentlich längst ein Loch gebrannt haben sollten, so stieren und starren Blickes betrachtete er sie. Während Frau Schmattloch sich noch den Kopf zermarterte, rückte Rautgunde, die der Genuss des Sherry zu enormen geistigen Höhenflügen anzuspornen schien, zaghaft mit einem anderen – und obendrein deutlich unblutigeren – Vorschlag heraus.

„Wir könnten ihn vielleicht erst einmal nach oben bringen." Sie bemerkte Frau Schmattlochs verständnislosen, aber nichtsdestoweniger interessierten Blick und fuhr, davon ermutigt, ein wenig beherzter fort. „Ihn ins Bett legen, du weißt schon. Dann wäre er aus dem Weg, du könntest seinen Kollegen anrufen und mitteilen, dass er ein wenig kränkelt und sich hingelegt hat und ..."

„Rautgunde", sagte Frau Schmattloch überschwänglich, „das ist der beste Vorschlag, den ich heute gehört habe." Sie sah ihre beste Freundin so versonnen an, als hätte die soeben das Rad neu erfunden. „So machen wir es. Wir haben eine Erklärung, warum er nach der Mittagspause nicht mehr zur Arbeit kommt, und es verschafft uns ein wenig Zeit, damit wir in Ruhe nachdenken können."

Gesagt, getan. Frau Schmattloch wählte die Handynummer des Hilfsgärtners, ließ ihn wissen, dass ihr Mann, von einem plötzlichen Unwohlsein überkommen sei, das vermutlich von einer leichten Magenverstimmung infolge übertriebenen Genusses von scharf gewürztem Bohneneintopf herrührte, sich den Nachmittag frei nehmen und etwas hinlegen würde, eine Nachricht, die den Gehilfen ihres Mannes nicht gerade mit einem hohen Maß an Betrübnis zu erfüllen schien. Danach begab sie sich in die Küche zurück, wo Rautgunde bereits aufgestanden war und wartete.

Frau Schmattloch drehte Herrn Schmattlochs Stuhl ein wenig herum, schob die Arme unter seinen Achseln durch und hob den Toten hoch, während Rautgunde, die ihre Zimperlichkeit nicht überwunden hatte und tatsächlich entschlossen schien, ihn so wenig wie möglich zu berühren, mit spitzen Fingern mehr dirigierte denn tragen half.

„Zum Glück", sagte Rautgunde und sprach damit exakt aus, was Erna Schmattloch im selben Moment durch den Kopf ging, „ist er für sein Alter wenigstens schlank geblieben."

„Na ja", erwiderte Frau Schmattloch mit einem seltenen Anflug von Galgenhumor, „haben nicht die Franzosen das geflügelte Wort: Ein guter Hahn wird nie fett?", worauf sie ein leises Kichern anstimmte, während Rautgunde die Anspielung auf den nicht eben untadeligen Lebenswandel Herrn Schmattlochs wahrhaftig mit einem leichten Erröten quittierte.

„Es würde zu diesen lüsternen Franzmännern passen, dass sie solche geflügelten Worte haben", sagte sie und folgte Erna

Schmattloch, die ihren Mann unermüdlich Richtung Treppenhaus schleifte.

In der Tat gehörte der Herr Schmattloch zu den eher schmächtigen Vertretern seines Geschlechts, was sich für die beiden nun ebenfalls nicht gerade mehr rüstig zu nennenden Damen als Glücksfall erwies, als sie ihn – Frau Schmattloch weitgehend allein, wie gesagt, da Rautgundes Zutun sich auf eine gelegentliche, unter sichtlichem Missvergnügen und mit spitzen Fingern vorgenommene Kurskorrektur beschränkte – zur Treppe beförderten.

Besagte Treppe bestand aus drei Stufen, einem größeren Treppenabsatz, an dessen Wand Frau Schmattloch ein kleines Schränkchen stehen hatte, in dem sich, in Ermangelung eines besseren Platzes im Haus, das gute Geschirr befand, und dem Rest der Treppenflucht, die rechtwinklig von diesem Absatz in den ersten Stock führte.

Die beiden Damen hievten den Herrn Schmattloch, obwohl er sich in seinem erwiesenermaßen toten Zustand als recht ungelenk und wenig hilfreich erwies, vergleichsweise mühelos die ersten drei Stufen hinauf, drehten sich – und ihn – auf dem breiten Absatz und erklommen gerade die letzten Stufen, als wiederum etwas geschah, mit dem sie nicht gerechnet hatten und das ihnen in der momentanen Situation obendrein überaus ungelegen kam: Mit einem schrillen, hässlichen Klang ertönte die Türklingel, deren die Ohren beleidigendes Scheppern wie ein unheilvolles Omen durch das stille Haus hallte.

7

Derweil hatte Tekla Rönneburger die rastlosen Rundgänge durch ihr eigenes Haus wieder aufgenommen, diesmal freilich nicht im Wonneschauer der Vorfreude, den heimlichen Liebsten zu sehen, sondern von einer Angst erfüllt, die fast schon zu Schüttelfrost bei ihr führte. Seit der Trottel von einem Dorfpolizisten sie aus dem Haus nebenan geführt hatte, zweifelte sie an ihrem Verstand. Sie hatte, zugegeben, nicht genau gesehen, wie die Schmattloch ihren armen Mann erschlagen hatte, aber die ausholende Bewegung mit der Pfanne ließ einfach keine andere Schlussfolgerung zu. Eine Zeitlang ging ihre Argumentation wie eine Zwiesprache im Geiste hin und her. Sie verstand beim besten Willen nicht, wie es dem bösartigen Weibsstück gelungen war, Staudte derartig an der Nase herumzuführen. Andererseits, man durfte es ihm sicher nicht ins Gesicht sagen, vielleicht nicht einmal offen aussprechen, aber denken konnte man es in jedem Fall, schien der junge Mann eindeutig nicht der Intelligenzelite des Volkes anzugehören. Wer weiß, mit was für einem billigen Taschenspielertrick sie den Arglosen zum Narren gehalten hatten. Das Gegenargument dafür war, dass er doch immerhin Augen im Kopf hatte, und wenn er behauptete, er hätte Ernst gesehen, konnte man das nicht so ohne weiteres in Abrede stellen.

Tekla war halb überzeugt, dass sie sich möglicherweise wirklich etwas einredete – vielleicht war der Schlag mit der Pfanne in der Hitze einer ehelichen Zwistigkeit erfolgt und gar nicht so heftig gewesen, wie es aus ihrer, Teklas, Warte ausgesehen hatte.

Als sie gerade beschloss, die Sache vorerst auf sich beruhen zu lassen, führte ihr Weg sie zufällig zum Fenster in den Garten der Schmattlochs, und da sah sie die beiden Frauen mit Gartengerät zum Graben herauskommen. In ihrer Neugier beugte sie sich leider so weit vor, dass Frau Schmattloch sie sehen konnte, worauf diese augenblicklich den Rückzug antrat, mitsamt ihrer altjüngferlichen Freundin, und spätestens da war Tekla endgültig überzeugt davon, dass ganz entschieden etwas faul sein musste, nicht im Staate Dänemark, sondern im Dorfe Bellheim, im Nachbarhaus.

Ob sie den Bedauernswerten im Garten begraben wollten? Warum sonst Schaufeln und Harken? Und warum ausgerechnet jetzt Gartenarbeit, wo das Wetter zunehmend schlechter wurde? Nein, da war eindeutig etwas oberfaul, und da sie auf Staudte ganz offenkundig nicht zählen konnte, blieb ihr nichts anderes übrig, als wachsam zu sein, darauf zu achten, dass sie den mordlüsternen schwarzen Witwen nicht selbst zum Opfer fiel und abzuwarten, bis sie genug und eindeutige Beweise hatte. Sie würde das Nachbarhaus weiter beobachten und hoffen, dass die zwei einen Fehler machten ...

Während ihr diese und ein wahres Durcheinander an anderen Gedanken durch den Kopf gingen, hatten sie ihre Schritte, ohne dass sie es selbst recht mitbekommen hatte, wieder in die Diele geführt. Als sie Stimmen auf der Straße hörte, begab sie sich in den vorderen Raum, der ihr als Näh- und Bügelzimmer diente, und sah zum Fenster hinaus.

Obwohl die Wünschelstraße schwerlich zu den Prachtstraßen Bellheims gehörte und nicht besonders breit war, konnte man durch den aufgezogenen Nebel hindurch die Häuser auf der anderen Seite kaum noch erkennen. Tekla drückte sich vorsichtig ans Fenster, sah, dass sich eine Gruppe Frauen vor dem Hoftor des Schmattlochschen Grundstücks drängte, und verzog den Mund zu einer unschönen, harten und höhnischen Fratze. Da standen sie, die Honoratiorinnen des Dorfes, drei an der Zahl, angesehen, in Ehren ergraut, würdevoll und zusammen garantiert über zweihundert Jahre alt: Hildegard Binger, Gertrude „Traudl" Höllerich und die kurzsichtige Agnes Auermann, die mit ihren zusammengekniffenen Augen immer ein bisschen wie eine Schleiereule aussah. Jede natürlich schwarz gekleidet, trauernde Witwen, deren Männer teils schon vor Jahren aufgegeben hatten und leise gestorben waren, eine jede Vorsitzende irgendeines enorm wichtigen Häkelklubs oder Kulturvereins oder Ausschusses für Erhalt und Pflege von diesem oder jenem Fliegenschiss in der Landschaft, den man für ein wichtiges und erhaltenswertes Kulturdenkmal hielt, nur weil der eigene Großvater Steinmetz oder Zimmermann sie dereinst, zu Zeiten der Napoleonischen Feldzüge vermutlich, eigenhändig aus Buntsandstein der Region handgeklöppelt oder aus massiven Eichen aus dem Pfälzerwald gedrechselt hatte. Nein, Tekla hatte für keine der drei besonders viel übrig.

Tekla wusste, dass die vier Frauen – Frau Schmattloch vollendete das Quartett der Mumien des Grauens – sich einmal im Monat zu einem Kaffeekränzchen trafen, um über alles Mögliche zu reden – und vermutlich kräftig über alle zu tratschen, die nicht anwesend waren, hatte aber nicht daran gedacht, dass dieses Treffen heute und obendrein im Haus der Schmattlochs stattfand. Oh, es gab doch einen gütigen Gott. Trotz ihrer Verzweiflung und Ratlosigkeit frohlockte Tekla innerlich. Die „Damen", sie wusste es aus eigener bitterer Erfahrung, gehörten zu jenem Schlage, der bei erster sich bietender Gelegenheit hinter dem Rücken der Gastgeberin mit weißen Handschuhen über unsichtbare Kanten von Möbelstücken strich, um nach Staub zu suchen und solchermaßen die Reinlichkeit der Haushaltsführung zu überprüfen. Diesen Weibsbildern entging kein Staubkörnchen und kein

Brotkrümelchen auf dem Fußboden – ganz unmöglich, dass sie einen toten Gatten übersahen.

Die drei Frauen öffneten das Tor und betraten das Nachbargrundstück, und Tekla wollte schon auf ihren anderen Beobachtungsposten zurückkehren, als sie innehielt, da eine vierte Gestalt aus dem Nebel angelaufen kam, und da verschlug es ihr fast den Atem. Die Pattberg!

Teklas Erzrivalin stützte sich an das Tor, schnaufte heftig, redete kurz auf die Frauen ein, die nickten und sie mit eintreten ließen. Tekla hatte nicht die geringste Erklärung dafür, wie die Schlampe es geschafft hatte, Zugang zu diesem erlauchten Zirkel zu finden – etwas, das ihr selbst stets verwehrt worden war –, aber offenbar war es ihr irgendwie gelungen. Und Tekla verspürte zum ersten Mal keinen Stich im Herzen, wenn sie daran dachte, dass diese Person sich an ihren Ernst ranmachen könnte. *Erna Schmattloch*, dachte sie hämisch, *gegen die vier hast du keine Chance. Es ist aus.*

Sie überlegte sich, ob sie gleich wieder zum Telefon greifen und den Trottel in Uniform anrufen sollte, damit er anwesend wäre, wenn die Bombe platzte, beschloss aber, noch ein wenig abzuwarten und auf Beobachtungsposten zu bleiben. Die Polizeisirenen waren inzwischen verklungen, die Beamten aber sicher noch vor Ort, und Tekla kam nicht umhin zuzugeben, dass dies vermutlich der interessanteste Tag war, den Bellheim seit Jahren, wenn nicht Jahrzehnten, erlebt hatte, auch wenn ihr grauste und sie bei allen turbulenten Ereignissen noch kaum Zeit gehabt hatte, den Verlust ihres heimlichen Liebsten in gebührender Weise zu betrauern.

8

Erna Schmattloch und Rautgunde Hassenröther sahen einander einen Moment an, während der schrille Missklang im Haus verhallte. „Wer mag das sein?", fragte Rautgunde ihre Freundin, die den toten Gatten immer noch unter den Achseln hielt.

Frau Schmattloch zuckte mit den Schultern, eine Bewegung, die sich durch ihre Arme übertrug, so dass der Tote ebenfalls zu zucken schien, und durch diese Bewegung, und ein Spiel des Lichts vom Fenster, sah es so aus, als würde er Rautgunde zublinzeln, was dem leeren Gesicht einen hämischen Ausdruck verlieh und sie ein leises, aber doch vernehmliches Quieksen der Abscheu und Entrüstung von sich geben ließ. Rautgunde zog sich erschrocken eine Treppenstufe nach unten zurück, nur sicherheitshalber.

Sie wollte gerade den Vorschlag unterbreiten, dass man am besten so tun würde, als wäre niemand zu Hause, da veränderte sich Ernas Gesichtausdruck plötzlich mit einem Schlage, und sie hielt eine Hand vor den Mund – was den toten Gemahl auf der Treppe in eine gefährliche Schieflage brachte. „Das Kränzchen!", stieß sie hervor, und da Rautgunde nicht gleich begriff: „Hildegard, Traudl und Agnes kommen heute zum Kaffee. Das hatte ich in der Aufregung ganz vergessen!" Nun, da es ihr wieder eingefallen war, verfinsterte sich ihre Miene gleich sichtlich. „Und natürlich viel zu früh!", schnaubte sie erbost. „Wahrscheinlich, damit sie noch ausgiebig prüfen

BOISELLE
6 11

können, ob ich staubgewischt und die Teppiche ordentlich gesaugt habe."

Rautgundes Gedanken freilich kreisten um ganz andere und, eingedenk der Situation, in der die beiden Damen sich gerade befanden, fraglos auch naheliegendere und praktischere Belange. „Sie dürfen ihn nicht sehen!", stieß sie erschrocken hervor, überwand – in der Not frisst der Teufel bekanntermaßen Fliegen – ihre Scheu plötzlich, bückte sich und packte den toten Herrn Schmattloch beherzt an den Beinen, damit sie ihn hochheben und, da Erna ihn immer noch unter den Achseln hielt, umso schneller ins Schlafzimmer tragen konnten.

Erna Schmattloch indessen blieb so starr stehen wie ein Reh im Angesicht von Autoscheinwerfern. Als Rautgunde aufblickte und den resigniert-fatalistischen Gesichtsausdruck ihrer Freundin sah, schwante ihr nichts Gutes. „Weder Tor noch Haustür sind abgeschlossen", flüsterte Erna, und wie auf ein Stichwort hin vernahm Rautgunde auch schon Schritte auf den Treppenstufen vor besagter Tür draußen und gewahrte nur Sekundenbruchteile später einen unheilvollen Schatten vor dem Ornamentglas.

Es spricht außerordentlich für Frau Schmattlochs Geistesgegenwart, dass sie ihre Lähmung im Angesicht größter Not und Gefahr so umgehend überwand, denn während nun Rautgunde in der festen Überzeugung, jetzt wäre alles aus (denn diese nachgerade biblische Plage missgünstiger Weiber könnten sie gewiss nicht so leicht täuschen wie den einfältigen Dorfpolizisten), starr nach unten sah, wo die Eingangstür langsam aufgestoßen wurde, flüsterte sie ihrer Freundin rasch zu: „Los, geh runter, bitte sie herein und sieh zu, dass du sie schnellstens ins Esszimmer verfrachtest." Als Rautgunde nicht gleich reagierte, versetzte Erna ihr einen leichten Stoß, worauf sie halb die Treppe hinunterhastete, halb stolperte, bis sie unten der verblüfften Hildegard Binger, die in der Zwischenzeit als Erste des Quartetts – denn darum handelte es sich in der

Tat, auch wenn Erna und Rautgunde es noch nicht wussten –, regelrecht in die Arme fiel.

„Gu... gu... gu...“, stammelte Rautgunde verdattert und zusammenhanglos, und trotz ihrer zierlichen Gestalt gelang es ihr im ersten Moment noch, der Walküre Hildegard den Weg zu versperrten, doch es bestand nicht der geringste Zweifel daran, wer aus diesem ungleichen Duell als Sieger hervorgehen und dass die andere Frau sich nicht lange aufhalten lassen würde.

„Was ist denn los? Du hörst dich an wie eine asthmatische Brieftaube im Lungensanatorium.“ Man kam nicht umhin zuzugeben, dass Rautgunde in ihrer Aufregung und mühsam beherrschten Panik sich wahrlich gerade einer Atmung befleißigte, mit der sie in jedem einschlägigen Sanatorium unangefochten den ersten Preis im Kurzatmigkeitswettbewerb gewonnen hätte.

„Guten Tag“, konnte Rautgunde endlich ihre Begrüßung vollenden, während sich die massige Hildegard an ihr vorbeidrängte, gefolgt von Traudl Höllerich und Agnes. Die drei Frauen reihten sich in der Diele auf, und Rautgunde überlegte sich, ob der Tatsache, dass sie in der Reihenfolge von Leibesfülle und Körperumfang eingetreten waren, eine gewisse Absicht oder Bedeutung zukommen mochte. Jedenfalls standen sie da wie diese russischen Puppen, die man ineinander stellen konnte, und was eben den besagten Körperumfang anging, hätte man die drei unheiligen Grazien gut und gerne ineinander stellen können, allerdings hätte mit der spindeldürren und hochgewachsenen Agnes in der Mitte sicher kein Deckel mehr auf das ineinander verschachtelte Trio gepasst. Rautgunde kicherte trotz der ernsten, wenn nicht gar verzweifelten Lage einen Moment, doch ihr stockte sogleich der Atem, als sie Hildegard die Treppe hinaufschauen sah.

„Grüß Gott, Erna“, sagte Hildegard und nickte so nachdrücklich, dass ihre zahlreichen Kinne, wie zur empirischen

Bekräftigung verschiedenster Gesetze der Physik, nacheinander in Schwingungen versetzt wurden. „Und der werte Gatte ist auch da", mit einem Hauch Missbilligung hinzugefügt, als wäre sie ob dieser Tatsache, wenn überhaupt, so bestenfalls in einem infinitesimalen Maße erfreut. „Gibt es denn nichts mehr zu tun in den örtlichen Grünanlagen?"

Rautgunde, die sich wie in Erwartung eines Schlages geduckt hatte, öffnete die zusammengekniffenen Augen und sah fassungslos die Treppe hinauf.

Oben stand Erna und war, zumindest aus der Entfernung, von einer regelrechten Aura der Gelassenheit umgeben, ganz so, als könne sie kein Wässerchen trüben. Sie hatte einen Arm um ihren Mann gelegt und einen von dessen Armen um sich; solchermaßen in trauter Zweisamkeit vereint, sahen sie tatsächlich aus wie das glücklichste Ehepaar der Welt. Rautgunde blickte ungläubig von einer der Damen zur anderen und konnte nicht fassen, dass keine etwas bemerkte.

„Ernst ist ein wenig unpässlich", rief Erna von oben herunter. „Er wollte sich gerade hinlegen."

Hildegard, deren Lebensphilosophie es war, andere keinesfalls beim Wort zu nehmen, wie unbedeutend die Sachlage auch sein mochte, sondern sich stets selbst zu überzeugen, beugte sich ein wenig vor. „Er sieht blass aus", bestätigte sie und nickte zufrieden, dass wenigstens dieser Teil der Aussage verifiziert werden konnte, „und außerdem scheint er mir etwas flach zu atmen. Der Magen?"

„Kann sein", entgegnete Erna Schmattloch unbekümmert, als könnte die vorgeschützte leichte Unpässlichkeit keineswegs Grund zur Sorge sein oder – Gott behüte! – gar eine eingehendere Untersuchung seitens Hildegards oder einer der anderen nach sich ziehen, und gab Rautgunde, als die drei Damen ins Esszimmer sahen, hektisch ein Zeichen, dass sie sie schnellstens dort hineinschaffen sollte.

Rautgunde verstand den Wink mit dem Zaunpfahl. „Gehen wir doch in die gute Stube“, sagte sie und bemühte sich um einen unbekümmerten und fröhlichen Tonfall. Die drei Damen setzten sich eine nach der anderen in Bewegung und betraten die Kombination von Wohn- und Esszimmer so, wie sie das Haus betreten hatten, nach Größe und Leibesfülle geordnet. Rautgunde wollte die Eingangstür schon schließen, als sie eine weitere Gestalt sah, die wegen der Enge bislang nicht eintreten konnte. Als sie Johanna Pattberg erkannte, überlegte sie schon, wie sie wenigstens diese ungebetene Besucherin loswerden mochte, doch in dem Moment beugte sich Hildegard um den Türrahmen herum, fuhr ihre Kinne teleskopartig aus, so dass einen Moment tatsächlich der Eindruck entstand, als besäße sie einen Hals, und sagte in einem barschen Kasernenhofton, der jeglichen Gedanken an Widerspruch sofort im Keime erstickte: „Wir haben noch einen Gast mitgebracht!“ Und so folgte Johanna Pattberg dem Kränzchen mit einer Selbstverständlichkeit, vor der die eher zaghafte Rautgunde augenblicklich kapitulierte. Ehe Rautgunde die Tür ganz schloss, warf sie einen kurzen Blick hinaus und erblickte auf der Straße, die der Nebel in einen dichten Schleier hüllte, eine weitere Gestalt vage zwischen den Brettern des Torflügels. Sie erschrak und dachte schon, es würde noch ein unliebsamer Besucher eintreten, doch die Gestalt gab lediglich ein murmelndes „Das ist das Ende der Welt!“ von sich und verschwand langsam aus dem Blickfeld.

„Ich habe die Damen zufällig getroffen und sie baten mich, sich ihnen anzuschließen“, sagte Johanna im Vorübergehen dreist zu Rautgunde, aber auch zu Frau Schmattloch, die immer noch in des Gatten freundschaftlicher Umarmung oben an der Treppe stand. „Ich hoffe, du hast nichts dagegen.“ Sie wartete gar nicht erst auf eine Antwort Ernas, sondern folgte den drei anderen Besucherinnen. Unter der Esszimmertür verharrte sie einen Moment. „Ernst“, sagte sie grüßend, nickte und bemühte sich um einen möglichst unbeteiligten Eindruck, während sie doch in Wahrheit nach einer wenn auch winzigen Geste ihres Liebsten dürstete (denn auch sie war, es soll an dieser Stelle nicht unerwähnt bleiben, in den Genuss eben jener außerehelichen Zuwendungen gekommen, als deren alleinige Monopolinhaberin und Rezipientin Tekla Rönneburger sich wähnte).

Es schien, als zauderte sie ein wenig, da so gar keine Reaktion seitens des Angebeteten kam, und doch bewunderte sie Herrn Schmattloch insgeheim für dessen grandiose Schauspielkunst, die es ihm ermöglichte, äußerlich so vollkommen unbeteiligt zu bleiben, wo doch, woran für sie kein Zweifel bestand, in seinem Innersten dieselben leidenschaftlichen Gefühle für sie brodeln mussten, die sie in ihrem wogenden Busen für ihn hegte, aber dann gönnte sich Herr Schmattloch doch eine kurze Waghalsigkeit in so unmittelbarer Nähe seiner Gattin und winkte ihr kaum merklich mit der rechten Hand zu.

Rautgunde, die noch in der Diele stand und eine nervliche Anspannung verspürte, als müsste sie jeden Moment lauthals losschreien, nur um ein Ventil für den Druck zu schaffen, wäre um ein Haar entseelt zu Boden gesunken, doch als Johanna zufrieden im Esszimmer verschwunden war, ging sie drei Schritte Richtung Treppe und sah, dass Erna den Ellbogen ihres Gatten gepackt hatte und so mit dessen Unterarm winkte, als würde sie eine Stabpuppe führen.

Kaum hatten die Besucherinnen die Diele verlassen, entwickelte Frau Schmattloch eine geradezu rasend zu nennende Aktivität. Sie zog den Arm hinter ihrem toten Gemahl hervor und lehnte ihn so an die Wand, dass es von unten – hoffte sie – aussehen mochte, als hätte er sich in seinem angegriffenen Zustand nur etwas abgestützt, sollte eine der Damen noch einmal einen Blick riskieren, lief die Treppe hinunter, riss das Geschirrschränkchen auf dem Absatz auf, holte sechs Unterteller heraus und drückte sie Rautgunde in die Hand.

„Du deckst den Tisch“, flüsterte sie zischend, „und hältst mir die Bande da drin beschäftigt. Ich schaffe ihn derweil ins Schlafzimmer, und da lassen wir ihn, während wir Kaffee trinken, bis alle wieder weg sind. Vielleicht“ – mit einem Nicken Richtung Straße und Ortskern – „hat sich die Lage da draußen bis dahin auch wieder soweit beruhigt, dass wir ihn gefahrlos wegschaffen können.“

Als sie zum Schränkchen auf dem Treppenabsatz zurückgekehrt war und sechs Tassen geholt hatte, stand Rautgunde immer noch mit den Tellern in der Hand in der Diele. „Na los“, sagte Erna, gab ihr einen neuerlichen Schubs (Rautgunde dachte kurz, dass sie bis heute Abend von blauen Flecken übersät sein würde, sollte ihre Freundin die ungeduldigen Rempler nicht unter Kontrolle bekommen) und folgte ihr ins Wohnzimmer, während von allen unbemerkt der Herr Schmattloch hinter ihnen ganz langsam ins Rutschen geriet.

Erna und Rautgunde betraten das Wohnzimmer, manövrierten an dem Polstersessel vorbei, der direkt gegenüber der Tür stand und wie ein einsamer Grenzposten das offene Wohnzimmer vom Esszimmer trennte und gingen zu den Damen, die um den Esstisch herumstanden, sich aber noch nicht gesetzt hatten. Hildegard, die das recht wuchtige Sideboard an der Wand gegenüber zierlich erscheinen ließ, betrachtete prüfend die Spitze ihres Zeigefingers, als hätte sie tatsächlich gerade an einer uneinsichtigen Kante nach Staubspuren gesucht.

„Bitte entschuldigt, dass ich noch nicht so weit bin“, sagte Erna, die Hildegard bestens kannte und keinen Anstoß nahm, und fügte mit leicht vorwurfsvoller Stimme hinzu: „Wir hatten euch erst etwas später erwartet.“ Dann wandte sie sich mit einem vielsagenden Blick an Rautgunde. „Sei so lieb und deck den Tisch, ich werde kurz nach Ernst sehen und dann Kaffee kochen. Holst du dann das restliche Geschirr?“

Damit rauschte sie wieder in die Diele hinaus, um sich des toten Gatten anzunehmen, doch als sie gerade die Treppe hinaufgehen wollte, sah sie aus den Augenwinkeln Agnes, die mit ihren kurzsichtigen, zusammengekniffenen Eulenaugen aus dem Zimmer kam. Geistesgegenwärtig machte Erna auf dem Treppenabsatz kehrt und schwenkte zum Geschirrschrank.

„Also wissen Sie", hörte sie Agnes in einem Tonfall rechtschaffener Entrüstung hinter sich sagen, drehte sich um und sah, dass Agnes zu Ernst sprach, „wenn Sie schon da sind, sollten Sie nicht einfach so tatenlos herumstehen. Sie könnten sich etwas nützlich machen und Ihrer Frau helfen, anstatt den Pascha zu spielen!" Was belegt, dass Herr Schmattloch zwar einen gewissen Typ Frau mühelos um den Finger wickeln konnte, bei den alten Jungfern aus Überzeugung jedoch meist auf ebenso inbrünstiges Missfallen stieß.

„Schon gut, Agnes", sagte Erna, nahm sechs Dessertteller und kam die drei Treppenstufen, die sie gerade erklommen hatte, wieder herunter. Sie hielt die Teller in einem Arm und führte Agnes mit dem anderen wieder zur Zimmertür zurück. Als sie noch keine drei Schritte weit gekommen waren, ertönte hinter ihnen ein leises schleifendes Geräusch, gefolgt von einem lauten *Tapp-tapp*, als würde jemand besonders fest oder erbost auftreten, und schließlich einem ohrenbetäubenden Poltern.

Herr Schmattloch, dessen Muskelkoordination schon zu Lebzeiten nicht eben die beste gewesen war, hatte endgültig seinen prekären Halt verloren. Er rutschte zuerst an der Wand hinunter, dann mit beiden Füßen zur obersten Treppenstufe und weiter, polterte die beiden ersten Stufen hinab, geriet, da eine Hand etwas abgespreizt wurde, in eine leichte Schieflage, verhakte sich mit dem rechten Fuß zwischen zwei Sprossen des Geländers, kippte ob der daraus resultierenden Hebelwirkung schlagartig vornüber, als wollte er einen Purzelbaum schlagen, und sauste den gesamten Rest der Treppe hinunter, wobei er zweimal mit dem Kopf auf Stufen aufsetzte (das laute *Tapp-tapp*, das die Damen vernommen hatten), bis er nach einem abschließenden Salto mit den Knien auf dem Treppenabsatz landete und mit den Armen und dem – nach einem Schlag mit der Pfanne und zwei nicht gerade sanften Kontakten mit für die Ewigkeit gezimmerten Hartholzstufen – mittlerweile doch arg in Mitleidenschaft gezogenen Kopf voran in den offenen Geschirrschrank knallte, wo er in kniender Haltung liegen blieb, derweil das Klirren des Geschirrs im Schrank langsam abklang wie der Tusch im Zirkus nach einer besonders gelungenen akrobatischen Darbietung.

Erna Schmattloch und Rautgunde Hassenröther wich jeder einzelne Tropfen Blut aus den Gesichtern; leichenblass blickten sie Agnes an, doch zu beider Verblüffung blieb der Aufschrei der Erkenntnis aus. Die große, hagere Frau kniff lediglich die Augen noch mehr zusammen als sonst. „Na bitte, geht doch", sagte sie mit zuckersüßer Stimme in Richtung des zu einem Drittel im Geschirrschrank befindlichen Herrn Schmattloch. „Das nenne ich prompte Hilfe."

Frau Schmattloch legte abermals ein enormes Maß an Geistesgegenwart an den Tag und wandte sich erneut zur Treppe. Dort kniete sie ebenfalls nieder und tat geflissentlich so, als wollte sie ihrem Mann helfen, Geschirr oder Besteck herauszuholen, während sie Rautgunde mit einem knappen Zeichen zu verstehen gab, dass sie Agnes schnellstens aus der Diele schaffen und ins Zimmer zurückführen sollte.

Als die beiden Frauen sich abgewendet hatten, beugte sich Erna zu ihrem Gatten hinüber, zog ihn aus dem Schrank und brachte seinen Oberkörper in eine aufrechte Position, damit sie ihn wieder unter den Achseln halten konnte. Sie warf gerade einen prüfenden Blick die Treppe hinauf und überlegte, wie schnell und möglichst leise und unauffällig sie den Toten nach oben schaffen könnte, da ertönte Agnes' Stimme so dicht neben ihr, dass sie erschrocken zusammenzuckte und um ein Haar einen Schrei ausgestoßen hätte.

„Schön, dass es noch Männer gibt, die so zuvorkommen sind“, sagte Agnes zu Ernst und sah ihm heftig blinzelnd ins Gesicht. „Aber diese Eile wäre wirklich nicht nötig gewesen.“ Sie ließ ein Lächeln erstrahlen, dem man eine gewisse maliziöse Note nicht absprechen konnte, doch als sie Herrn Schmattlochs Antlitz sah, verschwand dieses Lächeln so unvermittelt wie die Sonne hinter einer Wolke. „Und es gibt keinen Grund, so ein böses Gesicht zu machen!“ Sie klang in der Tat ein wenig verschnupft, als könnte sie Ernst Schmattlochs Verstimmung ob ihrer harmlosen Bemerkung nicht nachvollziehen.

„Geh wieder rein zu den anderen, Agnes“, sagte Frau Schmattloch, die kaum ihrer Stimme mächtig war und staunte, dass sie überhaupt ein Wort herausbrachte. „Wir machen das schon.“

Sie betete inbrünstig, dass ein hilfreiches Schicksal ihr zu Hilfe kommen mochte, ehe Agnes, Gott habe ihre Blindheit selig, doch noch die Wahrheit erkannte, und schon kam Rautgunde angehetzt, sprang mit einer Behändigkeit, die ihr Alter Lügen strafte, zu Agnes und führte die Frau abermals sanft, aber entschlossen weg.

„So eine finstere Miene ...“, brummelte die zierliche große Frau immer noch verschnupft. Sie ließ sich von Rautgunde zwei Schritte führen, beschloss dann aber, dass sie dieses ungebührliche Verhalten Herrn Schmattlochs nicht auf sich beruhen lassen konnte, und hielt störrisch inne. „Also wissen Sie, Sie beleidigte Leberwurst ...“, begann sie entrüstet und drehte sich wieder zu Herrn Schmattloch um. Erna, der ein kurzer Blick verriet, dass Rautgunde zwischen Agnes und ihr stand, spreizte hastig Daumen und Zeigefinger der rechten Hand, griff Herrn Schmattloch ins Gesicht und drückte so schnell sie konnte die schon etwas erstarrten und leblosen Mundwinkel nach oben. Zum Glück blieben sie in der Haltung.

Sie zeigte Agnes ihre schönste Unschuldsmiene, bleckte die Zähne wie eine Rassestute auf der Pferdeauktion, und es wäre keinem möglich gewesen – der kurzsichtigen Agnes schon gar nicht –, zu sagen, welcher Part des Ehepaares Schmattloch strahlender lächelte. Agnes kam zwei Schritte näher, obwohl Rautgunde an ihr zerrte wie an einem störrischen Kamel, und wollte mit ihrer Tirade fortfahren, doch dann sah sie Herrn Schmattloch direkt ins Gesicht. Ihr Missstimmung schien mit einem Schlag verflogen. „Na bitte“, sagte sie zufrieden, „jetzt lacht er ja wieder!“ Und damit ließ sie sich, nach einem letzten freundlichen Nicken zu Herrn Schmattloch, endgültig ins Esszimmer führen.

9

Erna Schmattloch stand schwer atmend am oberen Ende der Treppe, im ersten Stock des Hauses, stützte sich am Geländer ab und wartete darauf, dass Hitzewallungen abklangen, wie sie sie seit Beginn der Wechseljahre nicht mehr erlebt hatte. Sie horchte nach unten auf die verschiedenen Geräusche aus den unterschiedlichsten Richtungen. Das Blubbern und Zischen der Kaffeemaschine erklang in der Küche, während aus dem Esszimmer leises Klirren von Geschirr und gedämpfte Unterhaltungen der anwesenden Damen zu hören waren, die sich inzwischen allesamt gesetzt hatten und sich die Wartezeit mit belanglosen Gesprächen vertrieben.

Sie hatte sich bemüht, den Leichnam, so leise es eben ging, nach oben zu schaffen, was ihr augenscheinlich gelungen war, denn es hatte sich niemand mehr sehen lassen, woraus man durchaus schließen konnte, dass keine der Anwesenden in irgendeiner Weise Verdacht geschöpft hatte – was, wenn man es recht bedachte, einem wahren Wunder gleichkam.

Erna hatte den toten Gatten ein Stück weit den Flur entlanggeschleift und vorübergehend auf dem Fußboden geparkt, während sie verschnaufte und prüfte, ob die Luft rein war und blieb. Als sie sich erholt genug fühlte, die Aufgabe zu Ende zu bringen, ging sie fast auf Zehenspitzen zur Schlafzimmertür, öffnete sie und schlug die Decke des ehelichen Bettes zurück. Sie ging wieder hinaus, bückte sich, packte den toten Gatten unter der Schulter, zog ihn in die Höhe und schleifte ihn

Richtung Schlafzimmer. In dem Flur herrschte selbst tagsüber meist ein gewisses Halbdunkel, nur als sie das Fenster passierte, fiel das wenige Licht, das der graue Nebel durchließ, auf sie und die Last, die sie schleppte. Es gelang ihr, den leblosen Körper auf das Bett zu hieven, wo sie ihm – soviel Zeit musste sein! – die Schuhe auszog, ihn mit den Armen an den Seiten hinlegte und die Decke über ihn zog.

Erna strich ihm behutsam über das Gesicht, um die Augen zu schließen, und jetzt sah er tatsächlich aus, als würde er nur schlafen, so friedlich und entspannt. Sie fragte sich einen Moment, ob nicht vielleicht doch Gewissensbisse ob ihrer Tat angebracht wären, doch in dem Moment hörte sie Johanna unten laut auflachen, dachte an sie und seine andere Schickse drüben im Nachbarhaus – und die vielen anderen, von denen sie nichts wusste und nichts wissen wollte –, ließ die Rollläden herunter, damit Dunkelheit in dem Zimmer herrschte, und ging achselzuckend hinaus.

Nach den adrenalintreibenden vergangenen Minuten herrschte im Esszimmer eine geradezu friedliche Atmosphäre. Rautgunde hatte Kaffee und Kuchen serviert, und alle anwesenden Damen stopften sich mit gezierten Gesten Bissen in die Münder, nippten graziös an ihren Tassen und tauschten dazwischen mit spitzen Zungen Bemerkungen über diese und jene Bekannte aus, die das Pech hatte, nicht selbst der versammelten Runde anzugehören. Erna ließ sich erschöpft auf ihren Stuhl fallen, kippte die Tasse Kaffee, die Rautgunde ihr eingeschenkt hatte, fast in einem Zug hinunter und spürte, wie die Anspannung jetzt, da sie den toten Gatten fernab des Geschehens wusste, langsam von ihr abfiel. Sicher, ganz beseitigt war er noch nicht, dennoch war diese vorübergehende Ruhepause höchst willkommen.

„Ich hoffe, dein Mann hat nichts Ernstes“, sagte Hildegard in einem Tonfall zu ihr, der nicht verkennen ließ, dass sie in Wahrheit keineswegs vor Sorge verging.

„Ernst hat nichts Ernstes", entfuhr es der kichernden Agnes, doch ein strafender Blick Hildegards ließ sie sofort verstummen.

„Ach", entgegnete Frau Schmattloch unbekümmert, „du weißt ja, wie Männer sind. Babys, die beim kleinsten Wehwehchen sofort den Dahinsiechenden spielen. Ich würde mir keine großen Gedanken machen."

Hildegard nickte, da der Form damit Genüge getan war, und das Gespräch, an dem jetzt auch Erna Schmattloch teilnahm, ging weiter, bis die erste Kanne Kaffee leer war und sie aufstand und in die Küche ging, um neuen zu brühen. In ihrer Abwesenheit ließen die anderen Damen durchblicken, dass sie einem kleinen Likörchen nicht gänzlich abgeneigt wären, worauf auch Rautgunde aufstand und sich in die Küche begab, um Gläser und die gewünschten Spirituosen zu holen.

Während die Gastgeberin und ihre beste Freundin sich somit vorübergehend auf andere Dinge konzentrieren mussten, stand Johanna Pattberg langsam auf und entschuldigte sich bei den drei anderen Damen mit den Worten, dass der bis dahin genossene Kaffee leider bereits seinen ersten Tribut forderte und sie die Toilette aufsuchen müsse, eine fadenscheinige Ausrede, denn in der Diele vergewisserte sie sich kurz, dass Erna und Rautgunde in der Tat noch beschäftigt waren, und schlich auf Zehenspitzen nach oben, um ihrem Liebsten einen Besuch abzustatten und sein Leiden, so es denn nicht vorgeschützt war, durch das Maß an Zuwendung, das die Situation eben zuließ, wenigstens ein bisschen zu lindern.

Derweil ging Tekla Rönneburger so nervös wie ein Tier in einem zu engen Käfig in ihrem Haus auf und ab und legte ihre Route so, dass sie möglichst oft alle Fenster passierte, durch die sie das Nachbarhaus sehen konnte. Obwohl der Nebel einen dunstigen Schleier bildete und, sofern dies möglich war, mit jeder Minute noch dicker zu werden schien, konnte sie die Fenster gegenüber gerade noch erkennen.

Sie wartete, ohne selbst genau zu wissen, worauf ... vielleicht, dass die Gäste kreischend und Zeter und Mordio schreiend auf die Straße gelaufen kamen, wenn sie den toten Ernst Schmattloch sahen, dass Polizisten – richtige Polizisten, nicht dieser arglose Dorftrottel – das Haus stürmen würden, nachdem eine der Damen sie wissen ließ, welch schreckliches Verbrechen sich zugetragen hatte. Doch die Minuten vergingen, und nichts geschah. Tekla überlegte sich, dass es der Schmattloch mit Hilfe dieser alten Spinatwachtel, die sie ihre beste Freundin nannte, irgendwie gelungen sein musste, den Leichnam doch wegzuschaffen. Aber wohin? Der Versuch, ihn im Garten zu vergraben, was die beiden zweifellos vorgehabt hatten, war gründlich gescheitert und ließ sich, da sie jetzt wussten, wie wachsam Tekla sie im Auge behielt, auch nicht wiederholen. Er befand sich noch im Haus, kein Zweifel, nur wo?

Teklas Weg führte sie in den ersten Stock, wo sie sich ebenfalls dem ersten Fenster zum Nachbarhaus näherte, und da endlich wurde ihre Ausdauer belohnt. Sie musste die Augen anstrengen, damit sie bei dem Nebel sicher sein konnte, doch es konnte kein Zweifel bestehen, dass sie Erna Schmattloch sah, die im Nachbarhaus an ihrem Flurfenster vorüberhuschte. Wenige Augenblicke später kam sie wieder, ging in die andere Richtung, und als sie zum dritten Mal auftauchte, musste Tekla beide Hände vor den Mund schlagen, damit sie nicht laut aufschrie, denn jetzt schleppte Erna ganz ohne Zweifel den Toten dort entlang. Tekla spürte, wie ihr Tränen in die Augen schossen, als sie des Liebsten Kopf so leblos nach unten hängen sah, doch sie unterdrückte sie wacker, damit ihr keine Einzelheit entging.

Als Erna und ihr toter Mann das Fenster passiert hatten, überlegte Tekla kurz. Das Schlafzimmer lag am Ende dieses Flurs. Dorthin also schaffte sie ihn. Das raffinierte Biest, dachte Tekla, die nicht umhin kam, diesem Schachzug eine gewisse Bewunderung zu zollen. So hatte Erna ihn aus dem Weg und konnte sich ihren Gästen widmen, denn gewiss fiel keiner der anwesenden Damen ein stichhaltiger Grund ein, das Schmattloch'sche Schlafgemach aufzusuchen.

Aber das mordlüsterne Weib hatte die Rechnung ohne den Wirt gemacht, und dieser sprichwörtliche Wirt würde sie sein, Tekla, und sie würde ihrer Erzfeindin ganz schnell einen ebenfalls sprichwörtlichen Strich durch besagte Rechnung machen. Sie wartete nicht ab, bis Erna wieder aus dem Schlafzimmer kam, sondern lief zum Telefon und wählte die Nummer des Bellheimer Polizeipostens.

Die Nummer war immer noch besetzt, doch beim vierten oder fünften Versuch kam sie endlich durch. Staudte war nicht da, natürlich nicht, er hatte es ja kaum erwarten können, zum Ort des Banküberfalls zu gelangen (und sich vermutlich nur dieser unziemlichen Hast wegen von der Schmattloch täuschen lassen), aber die Telefonistin gab ihr, nachdem Tekla sie mit schriller Stimme glaubhaft eines unaufschiebbaren

Notfalls versichert hatte, dessen Handynummer. Sie wusste, wo sich die Leiche befand, und wenn Staudte diesmal kam, würde bestimmt kein Zweifel mehr am Zustand des armen Ernst bestehen. Fest entschlossen, die Mörderin ihrer gerechten Strafe zuzuführen, wählte Tekla die Handynummer des Dorfpolizisten.

BOISELLE
609

11

Wachtmeister Staudte stand in dem nasskalten Nebel in unmittelbarer Nähe zum Schauplatz des Überfalls – und doch für seinen Geschmack zu weit abseits –, und seine Stimmung hätte kaum schwärzer sein können als die Wolken, die sich vor Kurzem erst so unerwartet zusammengebraut hatten und fraglos noch hoch über dem Nebel dräuten. Wenn er an den hoffnungsvollen Polizisten dachte, der vor Minuten erst – mit Träumen vom großen Fahndungserfolg und öffentlichem Ruhm und Ehre – aufgebrochen war, kaum hatte er die Kunde von einem Kapitalverbrechen in einem zumindest aus kriminaltechnischer Warte gesehen doch eher unbelasteten Ort vernommen, so schien ihm das jetzt Jahre her zu sein. So niedergeschmettert war er, dass er sich gar um Jahre gealtert fühlte. Gut, dass an Frau Rönneburgers wilder Geschichte von einem Mord, in einer beschaulichen Ecke wie der Wünschelstraße obendrein, nichts dran sein würde, hatte er sich in einer klaren Ecke seines Verstandes ja noch fast gedacht (und dennoch verhaltene Hoffnung gehegt, schließlich konnte man nie wissen), doch was die Aufklärung des Bankraubs anbetraf, sah er durchaus Chancen, sich doch noch mit Ruhm zu bekleckern. Wer hätte ahnen können, dass das arrogante Arschloch ihm im Handumdrehen auch die letzten diesbezüglichen Illusionen nehmen würde.

Das arrogante Arschloch. Einen anderen Ausdruck hatte Staudte nicht für den Mann übrig, der wenige Meter von ihm entfernt stand und mit wichtigtuerischen Gesten Leute dirigierte, Fragen stellte und Befehle bellte, die durch den Nebel seltsam gedämpft klangen, als stünde der Mann auf der anderen Seite einer dicken Milchglasscheibe, durch die man ihn kaum sehen und noch weniger hören konnte. Wenn Staudte jetzt zurückdachte, schien ihm durchaus, als hätte die berufliche Missstimmung, die zwischen ihnen beiden herrschte, gleich bei der ersten Begegnung ihren Anfang genommen, als er, Staudte, am Tatort angelangt war, kurz stehen blieb, um sich ein Bild von der Lage zu machen, und nicht schlecht staunte, wie viele Streifenwagen und uniformierte Beamte bereits vor dem Gebäude der Sparkasse herumwuselten. Zwischen den zahlreichen Uniformierten stand ein Mann in fadenscheinigen Jeans und einer grauen Windjacke, der das Geschehen um sich herum betrachtete, als wüsste er nicht so recht, was er von alledem halten sollte (ein Eindruck, wie sich wenig später herausstellte, der ferner der Wahrheit gar nicht hätte sein können), und Staudte identifizierte ihn sofort als störenden Schaulustigen, näherte sich ihm und bat ihn verständnisvoll, aber bestimmt, doch das Feld zu räumen.

Worauf sich ein Dialog entspann, den Staudte retrospektiv doch lieber anders geführt hätte. „Sie sind ...?“, fragte der schäbig gekleidete Zivilist mit einem Anflug von Hochnäsigkeit, der Staudte zutiefst missfiel, darum entgegnete er ebenfalls etwas herablassend und mit einer, wie er fand, der Würde seiner Position angemessenen Stimme, er sei der hiesige Polizist und gekommen, die Ermittlungen aufzunehmen. „Ich bin Kommissar der Kripo Ludwigshafen“, antwortete der Fadenscheinige daraufhin, was Staudte mit einem seufzenden „Klar doch“, quittierte, was wiederum den anderen zu der Frage „Sie wissen wohl nicht, wer ich bin?“ veranlasste. „Na ja“, erwiderte Staudte daraufhin, „Lena Odenthal sind Sie jedenfalls nicht“, eine Bemerkung, die er so schlagfertig und witzig fand, dass er nicht anders konnte als sein berühmtberüchtigtes „I-aah, i-aah“ hinterherzuschicken. Sein Gegenüber konnte darüber offenbar nicht lachen. Staudte erschrak ein wenig, als der Mann in die Innentasche seiner grauen Jacke griff, doch zu seiner Erleichterung holte er nur ein kleines laminiertes Kärtchen heraus. „Hauptkommissar ...“, begann er, aber den Namen bekam Staudte schon nicht einmal mehr mit, da er sich verzweifelt nach einem Loch umsah, in das er kriechen konnte.

Es mochte diesen fraglos unglücklichen Umständen ihres Kennenlernens geschuldet sein, doch von diesem Moment an machte Kommissar Sowieso, das arrogante Arschloch, Staudte das Leben zur Hölle, plusterte sich auf, spielte den Herrenmenschen und wurde nicht müde, seine eigenen Leute aus Ludwigshafen und deren Tüchtigkeit zu loben, während er sich auf der anderen Seite einige geringschätzige Bemerkungen über Dorfpolizisten im Allgemeinen und den Bellheimer Dorfpolizisten im Besonderen nicht verkneifen konnte, die zwar allgemein und unverfänglich gehalten wurden, aber selbst für jemanden wie Staudte durchaus nicht missverständlich waren.

Immerhin ließ er Staudte, nachdem er diesem noch mit übertriebenem Habitus seine Visitenkarte in die Hand gedrückt hatte, kurz das Überwachungsvideo sehen, das deutlich zeigte, wie der Bankräuber die Bank verließ und im Vorraum die Maske abzog. Das kam Staudte merkwürdig vor, doch da das arrogante Arschloch mit der abschließenden Bemerkung endete: „Sehen Sie, das ist der Mann, den wir suchen, dunkelhaarig, Vollbart, mit einem silbernen Koffer und so dumm, dass er vor laufender Kamera freundlicherweise die Maske abnimmt, damit wir ihn umso besser identifizieren können“, da hätte sich Staudte lieber die Zunge abgebissen, als seinen Verdacht auszusprechen und dem blasierten Kommissar Arschloch damit vielleicht einen Vorteil zu verschaffen.

Kurze Zeit später kam einer der uniformierten Polizisten aus dem Nebel – man hörte seine Schritte, konnte aber kaum bestimmen, aus welcher Richtung er kam, und sah ihn erst, als er nur wenige Schritte von seinem Vorgesetzten entfernt stand. Staudte fragte sich, wie der Mann – und alle anderen Uniformierten aus Ludwigshafen – den Kommissar in der dicken Suppe gefunden haben mochte, aber vermutlich waren sie alle mit einem Arschlochradar ausgestattet, das sie direkt zu ihm führte, wo immer sie sich auch gerade aufhalten mochten.

Der Mann jedenfalls präsentierte einen silbernen Koffer wie eine Jagdtrophäe. Da Staudte das Video gesehen hatte, wusste er, dass es sich um den Koffer handelte, mit dem der Bankräuber das Geld abtransportiert hatte.

Der Kommissar betrachtete den Koffer einen Moment, als wäre er Zeuge einer Marienerscheinung geworden, ließ sich von dem Beamten die Umstände des Fundes schildern, trommelte dann seine Leute zusammen und erklärte ihnen den neuen Sachverhalt. „Offenbar hat er das Behältnis für das Geld gewechselt, Männer“, sagte er. *Was bist du doch für eine Intelligenzbestie*, dachte Staudte, der missmutig und weitgehend unbeachtet am Rand der Truppe stand und sich wie das fünfte Rad am Wagen fühlte. Danach lobte der Kommissar den Finder über die Maßen, und Staudte, dessen Stimmung, so dies denn überhaupt möglich war, sich noch mehr verdüsterte, dachte griesgrämig, wenn dem Mann, dessen einziger Verdienst es doch war, dass er seine Nase zufällig in die richtige Mülltonne gesteckt hatte, der Kamm noch weiter schwellen würde, dann würde er ohne jede Frage platzen wie ein Luftballon, in den man zuviel Luft gepustet hatte.

Der Gipfelpunkt der Demütigung jedoch kam für Staudte, als der Kommissar sich wenig später mit der Frage an ihn wandte, ob es denn in der Nähe ein Café oder so etwas gäbe, wo er, Staudte, für ihn und seine Männer Kaffee holen könnte, damit sie sich in dem ekligen nasskalten Nebel etwas aufwärmen konnten. Staudte nickte und bemühte sich krampfhaft, seine Gesichtszüge im Angesicht dieser Schande nicht völlig entgleisen zu lassen. Zum Laufburschen degradiert, er, in dessen Verantwortung sonst das Wohl und Wehe von ganz Bellheim lag!

Er wollte sich gerade völlig niedergeschlagen auf den Weg machen, als sein Handy klingelte. Zugegebenermaßen hatte er sich noch nie so darüber gefreut wie in diesem Moment; vielleicht blieb ihm ja wenigstens die Demütigung erspart, dass er für die Pfeifen aus Ludwigshafen den Diener spielen musste. Doch kaum hatte er den Empfangsknopf gedrückt, war auch dieses kurze Hochgefühl wieder dahin, und er fragte sich, was er, der sich vielleicht nicht für den, aber doch wenigstens einen der anständigsten Männer der Welt hielt, denn nur verbrochen haben mochte, dass ihn das grausame Schicksal derartig bestrafte.

Denn es war keine andere als Tekla Rönneburger, die ihn anrief, und sie schien offenbar fest entschlossen zu sein, ihren üblen Scherz noch weiter zu treiben, schilderte sie ihm doch mit vor Hysterie fast überschnappender Stimme, wie Erna Schmattloch ihren angeblich toten Mann ins Schlafzimmer geschleift haben sollte, und Staudte müsse unbedingt schnellstens herkommen, denn nun könne man sie zweifelsfrei überführen.

Staudte wartete ab, bis die Frau einmal ihren Wortschwall unterbrechen und kurz Luft holen musste, was für sein Dafürhalten erstaunlich lange dauerte, nutzte die Gelegenheit und unterbrach sie. „Frau Rönneburger“, begann er, „ich habe Ihnen schon versichert, es wurde niemand ermordet ...“

Kaum war das Wort „ermordet“ gefallen, da stand Kommissar Arschloch plötzlich an seiner Seite, als wäre er aus dem Boden gewachsen. „Wer ist ermordet worden?“, fragte er interessiert, doch Staudte winkte ab.

„Niemand", sagte er brüsk, doch der Kommissar aus Ludwigshafen ließ sich nicht so leicht abwimmeln. Er sah einen Moment zu, wie Staudte versuchte, die Rönneburger abzuwimmeln und forderte ihn schließlich herrisch auf, ihm gefälligst das Handy zu geben und ihn selbst mit der Frau sprechen zu lassen.

Der Kommissar hörte eine ganze Weile zu, nickte ab und zu, sah einmal grinsend zu Staudte – der überzeugt war, dass die Rönneburger in diesem Moment etwas Abfälliges über ihn gesagt hatte –, versicherte abschließend, dass er sich persönlich um die Angelegenheit kümmern werde und unterbrach die Verbindung.

„So, so", sagte er nach einem Augenblick und gab Staudte das Handy zurück, „wir haben hier eine brave Bürgerin Bellheims, die einen Mord beobachtet haben will."

„Die Frau ist hysterisch", gab Staudte mürrisch zurück. „Oder sie spielt mir einen üblen Streich. Es ist niemand ermordet worden. Ich habe auf dem Weg hierher schon bei ihr vorbeigeschaut und ..."

„Das alles wurde mir berichtet", unterbrach ihn der Kommissar. „Ich bin im Bilde. Allerdings sollen sich neue Entwicklungen ergeben haben." Er machte eine kurze Pause, während der er Staudte kurz in die Augen sah. „Haben Sie sich wirklich gründlich vergewissert, dass –"

„Ich werde doch wohl ...", antwortete Staudte aufbrausend, doch abermals schnitt ihm der Kommissar das Wort ab. „Haben Sie denn", fragte er in einem so väterlichen und begütigenden Tonfall, dass Staudte regelrecht spürte, wie Säure ihm langsam die Magenwände zerfraß, „Ihre Arbeit auch gründlich gemacht? Haben Sie mit dem mutmaßlichen Opfer gesprochen und sich vergewissert, dass es ihm gut geht?"

„Nein", musste Staudte kläglich eingestehen, „gesprochen habe ich mit Herrn Schmattloch nicht, aber ich ..."

„Es ist doch so", unterbrach ihn der Kommissar wieder, legte ihm eine Hand um die Schulter und führte ihn ein Stück vom Eingang der Sparkasse weg, wo sie standen, über die Brücke und Richtung Straße. Staudte hätte vor Wut am liebsten seine Dienstmütze auf den Boden geworfen und wäre darauf herumgetrampelt. „Es ist doch so", setzte der Kommissar noch einmal an, „dass eines Ihrer hiesigen Schäfchen hier offenbar völlig aus dem Häuschen ist und Seelenqualen leidet, und Sie sind ja nun ganz offenkundig in der Position, diesen Qualen ein Ende zu bereiten." Er wartete auf eine Reaktion oder einen Einwand Staudtes, doch dieser schwieg. „Also, gehen Sie hin. Nehmen Sie die Frau mit, besuchen Sie das angebliche Opfer mit ihr, reden Sie mit diesem Herrn Schmattbauch ..."

„Schmattloch", verbesserte Staudte automatisch.

„Wie auch immer", sagte der Kommissar mit einer wegwerfenden Handbewegung. „Zeigen Sie der armen Frau, dass sie sich irrt. *Wenn* sie sich irrt." Er machte erneut eine Pause und ließ den Blick rundum schweifen, als könnte er in dem Nebel auch nur das Geringste erkennen. „Hier können Sie sowieso nicht helfen. Tun Sie uns allen einen Gefallen, überlassen Sie die richtige Polizeiarbeit uns großen Jungs und kümmern Sie sich um Ihre Dorfangelegenheiten." Und damit gab er Staudte einen leichten Schubs Richtung Straße. Staudte drehte sich um, aber der Mann war bereits im Nebel verschwunden.

Und so stapfte Staudte, der sich vorkam, als würde nur über seinem Kopf allein eine dunkle Gewitterwolke hängen, aus der ununterbrochen Blitze hervorzuckten, das kurze Stück zur Hauptstraße und wandte sich dort nach links, damit er zur Wünschelstraße zurückkehren konnte. Immerhin war das arrogante Arschloch rein technisch gesehen sein Vorgesetzter, und eine Insubordination wollte er sich auf keinen Fall zuschulden kommen lassen. Aber die Rönneburger würde es ihm büßen. Er hatte gute Lust, sie zu verprügeln, wenn er vor ihr stand – aber das kam selbstverständlich für einen rechtschaffenen, anständigen und pflichtbewussten Gesetzeshüter niemals in Frage. Aber vielleicht konnte er ihr ja wenigstens eine kleben und ihre Hysterie als Beweggrund dafür vorschützen, immerhin sah man so etwas in jedem drittklassigen amerikanischen Fernsehkrimi andauernd. Sein Traum von Ehre und Berühmtheit jedenfalls war gründlich ausgeträumt. Wenn er sich vorstellte, dass die Ludwigshafener in seiner Abwesenheit den Täter dingfest machten und den Ruhm für sich allein kassierten, wurde ihm ganz übel im Magen.

Doch ihm blieb kaum eine andere Wahl, und so schritt er mit ausgreifenden Schritten Richtung Wünschelstraße und war fest entschlossen, mit Herrn Schmattloch zu reden, Tekla Rönneburger zurechtzustauchen und dieser albernen Farce ein für alle Mal ein Ende zu bereiten. Und danach würde er sich vermutlich in einen dunklen Winkel verkriechen, sein gekränktes Ego pflegen und das Schicksal verfluchen, denn so eine Gelegenheit, zu zeigen, was in ihm steckte, kam im verschlafenen Bellheim vermutlich in diesem Leben nicht wieder.

12

Tekla Rönneburger freute sich über die Maßen, dass es ihr endlich gelungen war, mit einem richtigen Polizisten zu sprechen, einem Kommissar sogar, der offenbar eher geneigt schien, ihr zuzuhören als der Blödmann in Uniform, der sich Dorfpolizist nannte. Sie versuchte eine Weile, ihren Beobachtungsposten aufrecht zu erhalten und das Nachbarhaus im Blick zu behalten, doch wegen des dichten Nebels wurde es zunehmend schwerer, etwas zu erkennen; selbst die Fenster gegenüber waren nur noch ganz vage dunklere Umrisse in der hellen Fassade. Seufzend ging sie nach unten und wartete auf den Kommissar oder einen seiner kompetenten Beamten, die er mitgebracht hatte. Schließlich hielt sie es nicht mehr aus, ging nach draußen und beschloss, an ihrem Hoftor zu warten.

Es dauerte nicht lange und sie vernahm tatsächlich Schritte im Nebel, die gedämpft klangen und sich anhörten, als würden sie aus allen Richtungen zugleich ertönen, daher erschrak sie nicht wenig, als plötzlich eine dunkel gekleidete Gestalt unmittelbar neben ihr auftauchte. Sie sah die Uniform und strahlte, doch als sie dem Neuankömmling ins Gesicht sah, schmolzen ihre Hoffnungen so schnell dahin wie Butter in der Sonne – und sie wurden auch ebenso ranzig.

„Sie“, stieß sie hervor und besann sich eben noch rechtzeitig, es nicht ganz so verächtlich auszusprechen. „Ich hatte gedacht, der Kommissar ...“

„Der Kommissar und ich handeln in enger Absprache“, entgegnete Staudte, der keinesfalls geneigt war, den wahren Sachverhalt preiszugeben und sich bemühte, wenigstens einen Rest Würde für sich zu bewahren. Danach folgte ein einigermaßen peinliches Schweigen.

„Sie wollen also gesehen haben, wie Frau Schmattloch ihren Mann ins Schlafzimmer geschleift hat …“, setzte Staudte schließlich erneut an, weiter jedoch kam er nicht.

„Ich *will* es nicht gesehen haben, ich *habe* es gesehen“, erwiderte Tekla Rönneburger mit einem schrillen Unterton in der Stimme. Die Ereignisse hatten ihre Nerven, wie sie sich eingestehen musste, doch arg angegriffen. „Und ich hoffe, Sie lassen sich nicht noch einmal so plump hinters Licht führen“, fuhr sie fort und maß Staudte mit einem Blick, den misstrauischere Naturen als er durchaus als geringschätzig, wenn nicht verächtlich hätten deuten mögen.

Nun mochte Staudte der Zartfühlendsten einer nicht sein, doch dass die Frau nicht eben besonders viel von ihm zu halten schien, entging ihm durchaus nicht ganz. „Nein“, sagte er, um einen neutralen Tonfall bemüht, der seiner Position zukam. „Seien Sie versichert, dass wir diese Angelegenheit endgültig klären. Ich gehe erst hier weg, wenn ich Herrn Schmattloch gesprochen habe. Und dann“, mit einem finsteren Blick zu ihr, den er sich denn doch nicht verkneifen konnte „werden Sie bedauern, dass Sie sich derart üble Scherze mit einem Repräsentanten der Staatsmacht erlauben.“ Damit drehte er sich um und ging zum Tor der Schmattlochs.

13

Im Schmattloch'schen Esszimmer herrschte nach Genuss verschiedenster Likörchen vielleicht nicht unbedingt eine ausgelassene, aber gewiss doch eine deutlich entspanntere Atmosphäre. Die fünf Damen plauderten mit sichtlich gelockerten Zungen, und es dauerte eine ganze Weile, bis Frau Schmattloch bemerkte, dass Johanna inzwischen, nach ihren persönlichen wie auch – vermutlich – durchaus allgemeingültigen Maßstäben gerechnet, eine unangemessen lange Zeit auf der Toilette verbracht zu haben schien. Doch sie ließ sich vorerst noch von der Unterhaltung mitreißen und warf nur hin und wieder mulmigen Gefühls einen Blick auf den leeren Stuhl, der ihr in zunehmendem Maße vorkam wie das Loch, das ein gezogener Zahn hinterlässt und von dem die Zunge trotz Schmerzen immer wieder wie magisch angezogen wird.

Als Hildegard der etwas schrill kichernden Agnes, die erst abwehrend die Hände hob, obwohl ihr vor Gier fast Rauch aus den Nasenlöchern quoll, ein weiteres Gläschen des süßen Kirschlikörs einschenkte, der Frau Schmattloch (die herbere Getränke bevorzugte) stets mit einem nicht unbeträchtlichen Maß an Widerwillen erfüllte, entstand eine kurze Gesprächspause, die sie nutzte, um aufzustehen und nach dem Rechten zu sehen. Sie warf einen kurzen Blick in die Küche und klopfte, da sie Johanna nicht sehen konnte, kurz an die Tür der Toilette. Als auch hier keine Antwort erfolgte, öffnete sie die Toilettentür kurz einen Spalt und stellte fest, dass sich niemand darin aufhielt.

Die erheiternde Wirkung des Likörs verflog daraufhin recht schnell. Frau Schmattloch kehrte, von bösen Vorahnungen erfüllt, in die Diele zurück, wo sie an der Treppe zum ersten Stock stehen blieb und misstrauisch nach oben sah. Möglicherweise hatte Johanna aus Rücksicht die Toilette oben benutzt. Für die Tatsache, dass sie Frau Schmattlochs toten Gatten nicht gefunden hatte, sprach die völlige Stille oben. Andererseits ...

Frau Schmattloch hatte sich gerade entschieden, nach oben zu gehen, als es klingelte. Sie erschrak (aus der Konzentration gerissen, mit der sie nach oben gesehen hatte, als wollte sie mit ihrem Blick die Wände durchdringen) so sehr, dass sie heftig zusammenzuckte. Doch im nächsten Moment verdrängte eine gewisse Verdrossenheit dieses Gefühl. Was, so fragte sie sich, mochte nur los sein, dass ausgerechnet heute, da sie Störungen keineswegs gebrauchen konnte, offenbar halb Bellheim sich befleißigt fühlte, ihr einen Besuch abzustatten?

Sie öffnete in der festen Entschlossenheit, den Besucher wieder wegzuschicken, wer immer er auch sein mochte, und sah zu ihrem neuerlichen Schrecken Wachtmeister Staudte draußen stehen (der im Gegensatz zu den geladenen Damen nicht – noch nicht – die Unverfrorenheit besaß, einfach einzutreten, da die Tür nach wie vor nicht abgeschlossen war), hinter dem sich, als suchte sie Schutz, Tekla Rönneburger verbarg.

„Wir wollen Ernst sprechen!“, rief Tekla über die Schulter des Wachtmeisters hinweg, ehe dieser auch nur die Möglichkeit gehabt hatte, ein Wort zu äußern.

Jetzt räusperte er sich ein wenig verlegen. „Na ja“, sagte er und scharrte verlegen mit dem Fuß, was ihn in Verbindung mit den zu einem gekünstelten Lächeln gebleckten Zähnen umso mehr wie ein Pferd aussehen ließ – einen belämmerten

Ackergaul, der gerade feststellen durfte, dass er seinen Pflug seit Stunden durch das falsche Feld zieht, „Frau Rönneburger besteht leider darauf, dass sich bei Ihnen im Haus etwas zugetragen hat, liebe Frau Schmattloch. Sie will gesehen haben, wie Sie Ihren Mann ins Schlafzimmer geschleift haben, und jetzt hat der Kommissar mir ... ähem ... ich meine, jetzt haben der Kommissar und ich in gemeinsamer Absprache entschieden, dass wir kurz ein Wort mit Ihrem Mann wechseln, nur um Frau Rönneburger zu beruhigen und ihr zu beweisen, dass sie ..."

„Ich *habe* es gesehen!", unterbrach ihn Tekla kreischend. „Und ich –"

„Teuerste, wir werden etwas schrill", sagte Frau Schmattloch über des Polizisten Schulter hinweg, dem sie sogleich seufzend in die Augen sah. „Ich weiß nicht, warum sie mir das antut, Herr Wachtmeister", fuhr sie fort. „Ich habe ihr nichts getan, das solche falschen Anschuldigungen rechtfertigen könnte."

„Wie auch immer", antwortete Staudte, „seien Sie versichert, wenn es sich um einen schlechten Scherz handelt, wovon ich ausgehe" – strenger Blick zu Tekla –, „wird die Sache nicht ohne Folgen für Frau Rönneburger bleiben. Auf jeden Fall dürfte es das Beste sein, Sie lassen mich kurz mit Ihrem Ehemann sprechen, und dann ..."

„Das kommt mir jetzt aber sehr ungelegen", entgegnete Frau Schmattloch daraufhin. „Wie Sie sicher hören, habe ich gerade Besuch, und Ernst hat sich hingelegt. Ein leichtes Unwohlsein, Sie verstehen."

„Unwohlsein!", kreischte Tekla. „Erschlagen hat sie ihn, so sieht es aus. Und dann nach oben ins Schlafzimmer geschleppt, weil Besuch gekommen ist. Und vorher", mit einer nach tiefem Durchatmen etwas gefassteren Stimme, „wollten sie und ihre Freundin Rautgunde Hassenröther ihn im Garten verscharren. Auch das habe ich gesehen."

„Aber keineswegs", sagte Frau Schmattloch mit einem gekünstelten Lächeln und einer wegwerfenden Handbewegung, als wären die Anschuldigungen geradezu grotesk. „Wissen Sie, Herr Wachtmeister, Rautgunde und ich wollten etwas im Garten arbeiten, aber dann kam uns dieses elende Wetter dazwischen. Und ich habe Ernst nicht ins Schlafzimmer geschleift, ich habe ihn nur auf dem Weg dorthin gestützt, ein leichter Schwächeanfall, wie schon gesagt ..."

„Sehen Sie", sagte Staudte erleichtert und drehte sich zu Tekla um. „So klärt sich alles auf. Ich würde vorschlagen, wir beruhigen uns jetzt und gehen schön brav –"

„Wir beruhigen uns nicht!", kreischte Tekla ihn in einem Diskant ins Gesicht, der es verwunderlich erscheinen ließ, dass nicht jedes einzelne Glas im Schmattlochschen Haushalt in tausend Scherben zersprang. „Und Sie gehen jetzt sofort da rauf nachsehen, sonst werde ich es tun, und wenn ich den Toten da oben gesehen habe und kein Zweifel mehr daran besteht, dass er tot ist, dann gehe ich zu Ihrem Vorgesetzten und sorge dafür, dass Sie zukünftig in einem Kaff Dienst tun, für das die Bezeichnung hässlichster Eiterpickel auf dem Arsch von Rheinland-Pfalz noch beschönigend wäre!"

In ihrer Hysterie hatte sie manche der Worte so hektisch aneinandergereiht, dass sie praktisch ineinander übergingen, und Staudte hatte mit jedem neuerlichen Schwall den Kopf ein Stück weiter eingezogen, was den Eindruck erweckte, als hätte jemand seinen Hals mit einem Hebel Noppe um Noppe heruntergekurbelt. Er spürte, wie ihm die Situation zu entgleiten drohte und überlegte fieberhaft, wie er wenigstens den Eindruck erwecken könnte, als hätte er alles im Griff. Schließlich fiel ihm eine Strategie ein, die ihm geeignet schien.

„Sie", sagte er zu Tekla und setzte eine finstere Miene auf, „bleiben hier stehen und rühren sich nicht vom Fleck. Wenn Sie auch nur einen Fuß über die Schwelle setzen, gibt es zu allem, was ohne Frage auf Sie zukommen wird, auch noch eine Anklage wegen Hausfriedensbruch." Danach drehte er sich zu Frau Schmattloch um. „Und Sie gestatten mir sicher, dass ich kurz nach oben gehe, mich bei Ihrem Mann nach seinem Befinden erkundige und diese für mich ebenso wie für Sie leidige Angelegenheit endgültig aus der Welt schaffe."

Damit drehte er sich um, ohne auf eine Antwort zu warten. „Das Schlafzimmer ist oben, wie ich den Ausführungen dieser Dame entnehmen konnte", sagte er, mehr Feststellung als Frage.

„Treppe rauf und immer geradeaus", sagte Tekla, was ihr vernichtende Blicke von Staudte und Frau Schmattloch zugleich einbrachte.

Erna Schmattloch folgte dem Polizisten ins Haus, ging aber nicht mit nach oben. Rautgunde war aus dem Esszimmer gekommen und stand bleich am Türrahmen. Sie warf Erna einen verzweifelten Blick zu, doch diese zuckte nur unmerklich die Achseln. „Rautgunde, ich glaube, es ist aus", flüsterte sie ihrer Freundin ins Ohr, nachdem sie sich an deren Seite gesellt hatte. „Aber sei ganz unbesorgt, ich nehme auf jeden Fall alle Schuld auf mich."

Im Esszimmer selbst herrschte nach dem bisherigen geselligen Plaudern plötzlich Totenstille; als einziges Geräusch, bildete sich Frau Schmattloch ein, konnte man hören, wie die drei Damen darin die Ohren auf elefantöse Abmessungen anwachsen ließen, damit ihnen ja kein Wort dieses Dramas entging, das sich hier so unerwartet vor ihnen entfaltete.

Während im Erdgeschoss des Schmattloch'schen Hauses verschiedene Damen aus den unterschiedlichsten Gründen den Atem anhielten – das unheilige Trio im Esszimmer vor gespannter Erwartung, Erna und Rautgunde von einer gewissen fatalistischen Niedergeschlagenheit erfüllt –, ging Wachtmeister Staudte nach oben und näherte sich der Schlafzimmertür. Trotz seiner wacker zur Schau gestellten Entschlossenheit, verspürte er leichte Gewissensbisse, Herrn Schmattloch in seiner Unpässlichkeit zu stören, aber wie er es auch drehte und wendete, es führte kein Weg daran vorbei.

Unmittelbar vor der Tür überlegte er sich, ob er klopfen sollte, entschied sich dann aber dagegen und öffnete die Tür behutsam einen schmalen Spalt.

In dem Zimmer waren die Läden heruntergelassen; es war stockdunkel. Staudte wartete einen Moment, bis sich seine Augen angepasst hatten. Falls Schmattloch schlief, würde er ihn wohl oder übel wecken müssen, und sei es nur, dass er der armen Irren da unten versichern konnte, dass er wirklich mit ihm gesprochen hatte. Doch wie sich schnell herausstellte, war das gar nicht nötig, auch wenn Staudte, der purpurrot anlief, sich durchaus wünschte, er hätte einen anderen Beweis dafür bekommen, dass Ernst Schmattloch nicht nur am Leben war, sondern offenbar auch seine Unpässlichkeit überwunden hatte.

Im schwachen Licht des Türspalts konnte Staudte erkennen, dass Herr Schmattloch tatsächlich das Bett hütete. Er lag mit geschlossenen Augen auf dem Rücken, während auf ihm und über ihn gebeugt mit gespreizten Beinen eine Frau saß, von der Staudte nur den Rücken sehen konnte. Die Art, wie sie das Becken kreisen ließ und sich gleichmäßig auf und ab bewegte, ließ selbst für einen eingefleischten Junggesellen wie den Wachtmeister keinerlei Zweifel an der Tätigkeit aufkommen, die die beiden da miteinander praktizierten, die Herr Schmattloch wiederum, nach seinem albernen Grinsen zu urteilen, sichtlich zu genießen schien.

Als Mitarbeiter der Gemeinde war sich Staudte durchaus der anrüchigen Reputation bewusst, die Herr Schmattloch genoss, aber dass der alte Bock es wagte, in seinem Ehebett Unzucht mit einer Fremden zu treiben, während seine Frau unten im Esszimmer ihr Damenkränzchen empfing, das schien denn doch die Krönung eines an Schamlosigkeiten nicht eben armen Lebens zu sein. Da es ihm freilich kaum zustand, sich zum moralischen Richter über andere aufzuspielen, wenn nicht ein abscheuliches Verbrechen vorlag – wovon hier, auch wenn gegen alle Regeln von Anstand und Schicklichkeit verstoßen wurde, kaum die Rede sein konnte –, und da die beiden auf dem Bett so sehr in ihr Tun vertieft waren, dass keiner von ihm Notiz genommen hatte, machte Staudte die Tür leise zu und ging wieder nach unten.

Frau Schmattloch erwartete ihn bereits und streckte sogleich die Arme aus, damit er ihr Handschellen anlegen konnte, als sie seinen verstörten Gesichtsausdruck sah, doch er bemerkte es nicht einmal, da seine ganze Aufmerksamkeit Tekla Rönneburger galt.

„Und, haben Sie ...?", begann diese erwartungsvoll, als die verstörte Miene des Wachtmeisters zu einer Maske der Wut wurde.

„Sie", sagte er so schneidend er es fertig brachte, „haben Ihren seltsamen Scherz jetzt weiß Gott weit genug getrieben!" Er fuhr die Frau, die, ihrer Reaktion nach zu schließen, offenbar mit einer ganz anderen Antwort gerechnet hatte, mit einer für seinen beherrschten Charakter ungewohnten Heftigkeit an. Doch sie war noch nicht bereit, den Rückzug anzutreten.

„Haben Sie ihn gesehen?", fragte sie verdattert. „Haben Sie mit ihm gesprochen?"

„Ich habe ...", begann Staudte lautstark polternd, verstummte, sammelte sich einen Moment und fuhr dann nach einem verlegenen Blick zu Frau Schmattloch beherrschter fort. „Ich konnte mich ... ähem ... zweifelsfrei davon überzeugen, dass Ernst Schmattloch am Leben ist", versicherte er.

Erna Schmattloch warf Rautgunde einen fragenden Blick völliger Ratlosigkeit zu. Inzwischen hatte es auch Hildegard, Gertrude und Agnes nicht mehr auf ihren Stühlen im Esszimmer gehalten; sie standen höchst interessiert hinter Rautgunde an der Tür.

„Was hat es denn mit der ganzen Aufregung auf sich?“, fragte Hildegard, worauf ihnen Rautgunde in knappen Worten den ganzen Sachverhalt schilderte, besonders Teklas Vorwürfe, dabei aber freilich die eine entscheidende Tatsache verschwieg, dass der Herr Schmattloch nämlich wirklich tot da oben in seinem Bett lag – oder liegen sollte. Die drei Damen verfolgten alles aufmerksam, und Erna, die zu ihnen sah und Rautgundes Erklärung lauschte, wunderte sich, dass sie sich keine Notizen machten, damit sie auch kein Detail vergaßen, wenn sie später ihren Freundinnen von den Vorkommnissen berichteten und sie zum Gegenstand allgemeinen Dorfklatsches machten.

„Ich fürchte, die arme Tekla ist ein kleines bisschen überspannt“, sagte Frau Schmattloch mit einem Seitenblick zu besagter Person, der Staudte immer noch kräftig die Leviten las. Als er, zumindest fürs erste, damit fertig war, wandte er sich an Erna.

„Liebe Frau Schmattloch“, sagte er, „ich fürchte, ich muss mich erneut bei Ihnen entschuldigen, aber Sie verstehen sicher, dass wir von der Polizei so gravierenden Vorwürfen unbedingt nachgehen müssen. Ich versichere Ihnen jedoch, dass ich Sie nicht weiter belästigen werde, nachdem ich ...“

„Aber ...“, begann Tekla, doch Staudte drehte sich mit der ihm eigenen Behäbigkeit zu ihr herum. „Sie wären gut beraten, Frau Rönneburger“, sagte er mit leiser, bedachter Stimme zu ihr, als spräche er zu einem kleinen Kind, „wenn Sie fortan schweigen würden.“

Er wollte gerade gehen, als jeder hören konnte, wie oben leise eine Tür ins Schloss fiel. Aller Augen wurden auf die Treppe zum ersten Stock gerichtet.

„Da kommt ja der Gatte womöglich selbst“, meinte Staudte, eine Bemerkung, die Tekla Rönneburger damit quittierte, dass sie wirklich enorm große Augen bekam und anfing, sich die Fingernägel der rechten Hand abzukauen.

Aber es war Johanna Pattberg, die an der Treppe erschien und im ersten Moment zögerte, als sie sich der uneingeschränkten Aufmerksamkeit aller Anwesenden bewusst wurde. Doch dann straffte sie die Schultern und kam die Treppe herunter, als hätte sie jedes Recht der Welt dazu, und Staudte, dem das Bild, das er im Schlafzimmer gesehen hatte, immer noch nicht aus dem Sinn ging, konnte nur über die dreiste Unverschämtheit dieser Person staunen.

„Ist was?“, fragte Johanna unbeteiligt und ließ den Blick über die Versammelten schweifen; da niemand antwortete, wandte sie sich an Frau Schmattloch. „Ich habe Ernst nur kurz Guten Tag gesagt“, meinte sie, „ich hoffe, du hast nichts dagegen?“

„Du warst oben bei Ernst?“, entgegnete Frau Schmattloch daraufhin entgeistert, und jetzt musste sie sich tatsächlich am Türrahmen der Küche abstützen, damit ihr nicht schwindelig wurde und sie fiel.

„Ja, ich habe sie gesehen“, entfuhr es Staudte unwillkürlich. Kaum waren die Worte heraus, hätte er sich am liebsten auf die Zunge gebissen.

„Sie haben uns gesehen?“, wandte sich Johanna mit tiefer, belegter Stimme an ihn und sah ihm tief in die Augen. „Aber, aber, Herr Wachtmeister, Sie sollten sich vielleicht eine Frau suchen und heiraten, dann müssten Sie nicht in den Schlafzimmern anderer Leute herumspionieren.“

Was Staudte im ersten Moment sichtlich in Verlegenheit brachte, doch er fing sich umgehend wieder. „Ich mir eine Frau suchen?“, antwortete der Wachtmeister und sah Johanna von oben bis unten an. „Nein, nein, dann schon lieber einen Tumor, da besteht wenigstens eine Chance von fünfzig Prozent, dass er gutartig ist. I-aah, i-aah.“

In diesem Moment, als Staudte wie ein Esel über seinen eigenen schlechten Witz blökte, wäre Frau Schmattloch bereit gewesen, jeden Eid zu schwören, dass sie hier den dümmsten Menschen dieses Planeten vor sich hatte.

Tekla wiederum sah von Staudte zu Johanna und wieder zurück. „Ihr seid beide da oben gewesen und habt nicht gemerkt, dass der Mann tot ist?“, fragte sie in ungläubigem Flüsterton und ließ das Nägelkauen gerade lange genug sein, dass sie diese Worte hervorbringen konnte.

Als der Wachtmeister aufbrausen wollte, legte Frau Schmattloch ihm beschwichtigend einen Arm auf die Schulter. Genau das war die Frage gewesen, die ihr ebenfalls durch den Kopf ging, die sie aber natürlich nicht aussprechen konnte. Sie fühlte sich in zunehmendem Maße, als wäre sie in einen Kaninchenbau gefallen oder durch einen Spiegel in eine andere Welt getreten, wo die Gesetze der Logik keinerlei Gültigkeit mehr zu haben schienen. Ihr Ernst hatte in der kurzen Zeit seit seinem Ableben zweifellos mehr Besuch empfangen als in den vergangenen Jahren zusammengenommen, und tatsächlich schien keinem sein Zustand aufzufallen. Wie konnte das nur sein?

Derweil war Johanna zur Haustür hinausgegangen, zündete sich eine Zigarette an, blies den Rauch in die Luft, dessen Kringel mit dem Nebel verschmolzen, der fast dieselbe Farbe hatte, und sah Tekla, wohl wissend, dass diese eine Rivalin um die Gunst des Herrn Schmattloch war, herablassend lächelnd an. „Tot?“, fragte sie. „Schätzchen, der Mann ist nie lebendiger gewesen.“ Und sie war sich nicht zu fein, eine obszöne Geste vor den Augen ihrer Gegenspielerin zu machen, sah sie doch hier eine prima Gelegenheit sich auftun, der unliebsamen Konkurrentin wenigstens einen metaphorischen Dolchstoß zu versetzen.

Daraufhin wurden Teklas Augen so groß, dass wirklich die Gefahr bestand, sie würden ihr aus den Höhlen ploppen. „Du meinst ... du hast ... du hast mit ... nein ... das hast du nicht!“, stieß sie vollkommen fassungslos hervor.

„Oh doch, ich habe“, sagte Johanna im Brustton der Überzeugung, „und glaub mir, Schätzchen, er ist niemals besser gewesen.“

Tekla zuckte zusammen, und Johanna beschloss, von Bosheit übermannt, noch etwas Salz in die offene Wunde zu streuen, achtete jedoch geflissentlich auf einen leisen Flüsterton, damit die Leute im Haus, besonders Frau Schmattloch selbst, kein Wort verstehen konnten.

„Hast du denn mit ihm geredet?", hakte Tekla derweil fassungslos nach.

„Geredet?", entgegnete Johanna. „Glaubst du wirklich, ich bin zum *Reden* da raufgegangen?" Sie zog an der Zigarette und blies Tekla den Rauch ins Gesicht. „Nein, Schätzchen, zum Reden sind wir gar nicht gekommen. Der Mann ist ein Tier", fuhr sie nach einer kurzen Pause fort, als würde sie sich gerade erlebter Wonnen erinnern. „Und er weiß genau, wie ich es mag. Oh, wie er mich mit Nichtbeachtung straft, wie er tut, als wäre ich ihm gleichgültig, wie er alles mir überlässt. Keines Blickes hat er mich gewürdigt ... aber genossen hat er es, keine Frage. Dieses glückselige Lächeln. Und so *steif* war er noch nie, wenn du verstehst, was ich meine."

„Aber der Mann ist tot!"

Den Aufschrei, der sich der gequälten Tekla Rönneburger entrang, hätte man vermutlich trotz Nebel noch auf der Hauptstraße hören können, und Frau Schmattloch, die im Haus stand und von der Unterhaltung nichts mitbekommen hatte, war es endgültig leid.

„Herr Wachtmeister", wandte sie sich an Staudte, „würden Sie jetzt bitte dafür sorgen, dass diese Person aus meinem Haus verschwindet?"

Staudte, der die Visitenkarte des arroganten Arschlochs und sein Handy aus der Tasche genommen hatte, um Meldung zu machen, dass die Anschuldigungen wie erwartet kein Körnchen Wahrheit enthielten, legte beides auf die Dielenkommode und wandte sich Frau Schmattloch zu. „Möchten Sie Anzeige erstatten?", fragte er. „Wissen Sie, das geht weit über groben Unfug hinaus, und ..."

BOISELLE
610

„Nein", sagte Frau Schmattloch leise, aber bestimmt, „keine Anzeige. Ich möchte nur meine Ruhe haben." Und damit wandte sie sich an die drei Damen im Esszimmer. „Es tut mir leid", fuhr sie an diese gewandt fort, „aber vermutlich wäre es besser, wenn ihr auch gehen würdet. Ich weiß wirklich nicht, was in diese Person gefahren ist. Holen wir das Treffen lieber an einem anderen Tag nach."

Weder Hildegard noch Gertrude noch Agnes widersprachen; man konnte ihnen ansehen, dass sie es kaum erwarten konnten, sich die Mäuler über die Ereignisse im Haus der Schmattlochs zu zerreißen, und so ließen sie sich bereitwillig von Staudte hinausbegleiten. Johanna Pattberg war schon hoch erhobenen Hauptes vorausgegangen, nicht ohne einen hämischen Blick auf das Häuflein Elend, zu dem ihre Rivalin geworden war, zu werfen. Staudte nahm auch Tekla am Ellbogen, führte sie auf die Straße hinaus und schloss das Tor hinter sich.

Es ist hinreichend bekannt, dass Dagobert Duck, der reichste Mann der Welt, es über alles liebt, ein Bad in seinem Geld zu nehmen, wie ein Maulwurf darin herumzuwühlen und es in die Luft zu werfen, damit es ihm auf die Glatze prasselt. Dieses Gefühl konnte der Bankräuber, der in seiner Kindheit nicht wenige Comics gelesen hatte, am heutigen Tag nur zu gut nachvollziehen. Er wusste selbst nicht zu sagen, wie lange er schon in seinem Versteck in der Tabakscheune vor dem offenen Rucksack saß und in den Banknoten wühlte, die er darin verstaut hatte. Er liebte es, wie sich die fast neuen Scheine anfühlten, wie sie rochen und wie sie knisterten, wenn er mit Daumen und Zeigefinger daran rieb und die gebündelten Banknoten ein klein wenig auffächerte. Das Gefühl, dachte er bei sich, war fast besser als Sex, und dabei wusste er noch nicht einmal, wie viel er genau erbeutet hatte. Den gleichsam erotischen Genuss des Geldzählens freilich musste er sich noch eine Weile versagen, denn, und das sollte er nicht vergessen, noch hatte er die Beute nicht sicher nach Hause gebracht.

Draußen herrschte seit einiger Zeit Stille, keine Sirenen mehr, nichts. Das schlechte Wetter hielt die Leute in ihren Häusern, was gut war.

Sichtlich widerstrebend verstaute der Bankräuber die Geldscheine wieder in dem Rucksack, legte den falschen Bart und die Perücke darauf, da er keinesfalls wichtige Spuren und

Hinweise hinterlassen wollte, und ging bedächtig zum Fenster der Scheune.

Inzwischen war der Nebel tatsächlich so dicht, dass man kaum die Hand vor Augen sehen konnte. Der Bankräuber beglückwünschte sich zu seiner Entscheidung, den Überfall ausgerechnet am heutigen Tag auszuführen, dankte dem Gott der Diebe, Räuber und Scharlatane, der es so gut mit ihm meinte, und kletterte durch das Fenster hinaus ins Freie. Er hing sich den Rucksack an einem Riemen über die Schulter und schritt langsam Richtung Dorfrand. Jetzt galt es nur noch, ein Haus zu finden, wo er sich verstecken konnte, bis die Polizisten wieder abgezogen waren, und dann ab durch die Mitte – als ein, wenn vielleicht nicht steinreicher, aber doch wenigstens als ein wohlhabender Mann.

Tekla Rönneburger stand am Hoftor ihres Hauses, kaute an den Fingernägeln und fragte sich mittlerweile aufrichtig, ob sie den Verstand verloren hatte oder alle anderen. Sie klapperte mit den Zähnen, aber nicht nur wegen dem kühlen, nasskalten und nebligen Wetter. Staudte und die drei Gäste Ernas – der Wachtmeister hatte sich erboten, sie ein Stück des Weges zu begleiten, immerhin, so seine Worte, hatte man den Bankräuber noch nicht gefasst, und auch wenn die Wahrscheinlichkeit groß schien, dass er längst über alle Berge war, schien es doch ratsam, man ginge kein unnötiges Risiko ein. Kaum drei Schritte entfernt hatte der Nebel die Gruppe verschluckt, als hätte sie nie existiert.

Obwohl Tekla fröstelte, konnte sie sich nicht aufraffen, ihr Haus zu betreten, nicht nur wegen der inzwischen ernsthaft aufgeworfenen Frage nach ihrem Geisteszustand. Für sie bestand kein Zweifel daran, dass sie gesehen hatte, was sie gesehen hatte, und doch wurde ihr immer wieder bestätigt, dass ihr Ernst noch lebte. Wenn sie es recht bedachte, konnte sie selbst jedenfalls weder für die eine oder die andere Möglichkeit einen stichhaltigen Beweis präsentieren. Dass der Dorfpolizist nicht alle Sinne beisammen hatte, dessen war sie gewiss; und Johanna mochte man pure Gemeinheit für ihre Worte unterstellen, die – das musste Tekla sich eingestehen – sie doch bis ins Mark hinein verletzt hatten. Freilich hielt sie es für unmöglich, dass ihr geliebter Ernst ihr so etwas antun würde.

Es gab, so das logische Ende ihrer Gedankenkette, nur eine Möglichkeit, sich wirklich unumstößliche Gewissheit zu verschaffen, sie musste selbst nachsehen. Und so beschloss sie, auch wenn ihr davor graute, das Schmattloch'sche Haus ein letztes Mal zu betreten und ebenfalls ins Schlafzimmer zu gehen.

Sie hatte keinesfalls vor, sich den Zutritt von Erna Schmattloch verwehren zu lassen und redete sich selbst immer wieder ein, dass sie zum Äußersten entschlossen wäre, doch zur Abwechslung war das Glück einmal auf ihrer Seite, denn als sie ihren Entschluss in die Tat umsetzte und die Haustür lautlos geöffnet hatte, stellte sie fest, dass Erna und Rautgunde im Esszimmer saßen und sich unterhielten. Tekla zog die Schuhe aus und schlich auf Zehenspitzen durch die Diele und die Treppe hinauf.

Mit einem Stoßseufzer der Erleichterung lehnte sich Erna Schmattloch an die Wand, strich sich mit den Händen durch das Haar, und Rautgunde kam nicht umhin festzustellen, dass man dem Gesicht ihrer Freundin ein gewisses Maß an Erschöpfung ansehen konnte. Sie selbst fühlte sich nach dem Vorgefallenen alles andere als sicher auf den Beinen, daher unterbreitete sie den Vorschlag, man sollte sich doch einen Moment setzen und abermals über das weitere Vorgehen beratschlagen.

Erna Schmattloch nickte und ging durch die Diele. Am liebsten hätte sie sich einfach in den Sessel gegenüber der Tür fallen gelassen, doch sie schritt weiter zum Esszimmertisch, wo sie ihren vorherigen Platz einnahm, genau wie Rautgunde, die sogleich zum Likör griff. „Nur, um die Nerven zu beruhigen“, versicherte sie ihrer Freundin, und Erna nickte dankbar. „Es ist ein Brauch von alters her, wer Sorgen hat, hat auch Likör“, zitierte sie mechanisch und brachte sogar ein geistesabwesendes Lächeln zustande, war aber zum ersten Mal in ihrem Leben froh, dass sie den zuckersüßen Alkohol zu sich nehmen konnte.

Die beiden Frauen tranken einen Moment schweigend und hingen ihren jeweiligen Gedanken nach, die – diese Vermutung darf gewiss nicht als zu gewagt abgetan werden – fraglos um dieselben Themen kreisten, bis Erna Schmattloch mit den Worten „Also hier geht es heute zu wie in einem Taubenschlag“

zur Sache kam und das Gespräch in der Folge darauf brachte, wie denn nun mit dem toten Gatten weiter zu verfahren sei, denn nach allen bisherigen Erfahrungen zu urteilen, konnte man nicht ausschließen, dass noch mehr Leute kamen, um ihre Aufwartung zu machen.

„Weißt du, Rautgunde, wir haben unverschämtes Glück gehabt“, stellte Erna nüchtern fest, „und es wäre vermessen, zu glauben –“

Rautgunde hob eine Hand, hielt den Kopf schräg und horchte Richtung Tür.

„Was ist?“, erkundigte sich Erna besorgt, „kommt etwa schon wieder jemand?“ Doch nach einem Augenblick winkte Rautgunde ab und gab gleichsam Entwarnung.

„Ich dachte, ich hätte die Tür gehört“, sagte sie, „aber ich scheine mich geirrt zu haben.“

„Ich sollte mir wirklich angewöhnen, sie abzuschließen“, sagte Erna, überlegte kurz und setzte dann ihre Ausführungen fort. „Es wäre vermessen zu glauben, dass diese Glückssträhne ewig anhält. Es hilft alles nichts, wie man es auch dreht und wendet, Ernst muss aus dem Haus.“

„Aber was sollen wir mit ihm tun? Wohin mit ihm? Ich meine –“

„Ja, denkst du denn, ich hätte die Checkliste aus dem Handbuch für Gattenmörderinnen hier, in der ich nacheinander die vorgegebenen Punkte abhaken kann?“, fuhr Erna sie in einem schärferen Tonfall an, als Rautgunde es gewöhnt war; sie entschied jedoch, dass diese Überreaktion den strapazierten Nerven ihrer Freundin geschuldet sein musste (die man ihr kaum zum Vorwurf machen konnte), und beschloss, großmütig darüber hinwegzusehen.

„Ich improvisiere“, fuhr Erna etwas ruhiger fort. „Für mich ist die Situation auch nicht alltäglich. Fest steht jedenfalls, Ernst muss aus dem Haus.“ Sie überlegte kurz, während sie geistesabwesend von dem Alkohol nippte. „Wir schaffen ihn ins Auto“, sagte sie nach kurzem Nachdenken. „Wir legen ihn in den Kofferraum und bringen ihn weg.“

„Und wenn jemand fragt?“

„Dann sagen wir, dass es ihm wieder besser geht und er zur Arbeit zurückgekehrt ist.“

Gesagt, getan. Wiewohl Rautgunde ihre Zweifel an der Durchführbarkeit dieses Plans hatte – immerhin herrschte in Bellheim nach wie vor eine ungewöhnlich hohe Streifenwagendichte pro Quadratmeter – nickte sie, stand auf, als ihre Freundin resolut zur Tür ging, und folgte ihr.

Ihr blieb eine Sekunde, sich zu fragen, warum Erna in der Diele wie angewurzelt stehen blieb, doch dann sah sie es mit eigenen Augen, und das Gefühl, dass alles aus wäre, überkam sie von Neuem.

Am oberen Ende der Treppe stand Tekla Rönneburger, soweit man es auf die Entfernung erkennen konnte, kreidebleich und mit Tränen in den Augen. Sie erschrak zutiefst, als sie die beiden Frauen sah. „Er ist tot“, rief sie von oben herunter mit sich überschlagender Stimme. „Ich wusste es! Ich habe die ganze Zeit recht gehabt. Ich bin nicht verrückt.“ Letzteres, als wolle sie sich selbst davon überzeugen. Jetzt erst schien ihr bewusst zu werden, dass sie sich im Haus einer Mörderin befand. Langsam, mit dem Rücken an die Wand gedrückt, kam sie die Treppe herunter, schaffte es, um den Schrank auf dem Absatz herumzumanövrieren und ging an den verdutzten Frauen vorbei zur Eingangstür.

„Wagt es ja nicht, mich aufzuhalten“, sagte sie drohend und mutiger, als sie sich fühlte, doch weder Erna noch Rautgunde machten Anstalten, sie am Verlassen des Hauses zu hindern. Sie besaß sogar noch die Geistesgegenwart, sich am Eingang nach ihren Schuhen zu bücken – ohne die beiden Frauen aus den Augen zu lassen –, dann schlug sie die Tür hinter sich zu. Sekunden später hörten Erna und Rautgunde auch das Hoftor ins Schloss fallen.

Frau Schmattloch drehte sich zu ihrer Freundin um. „Eile", sagte sie zu Rautgunde, „scheint mir jetzt das Gebot der Stunde zu sein. Ich bin überzeugt, dass sich Tekla umgehend an kompetentere Leute als unseren Dorfschupo wenden wird."

„Warum hast du sie denn nicht aufgehalten?", fragte Rautgunde.

„Und was, bitteschön, hätte ich tun sollen? Sie auch beseitigen? Nein, das wäre nicht recht gewesen, weißt du. Bei Ernst hatte ich meine Gründe, und es war längst fällig, aber eine unschuldige Person ..."

„So unschuldig auch wieder nicht", wandte Rautgunde ein, verkniff sich jedoch jede weitere Anspielung auf das mögliche illegitime Verhältnis zwischen Tekla und Herrn Schmattloch. Nicht, dass Erna nicht ohnehin Bescheid gewusst hätte.

„Wie auch immer, teure Freundin, ein letztes Mal bitte ich um deine Hilfe. Lass uns schnellstens nach oben gehen und ihn rausschaffen, bevor noch jemand kommt oder es Tekla gelungen ist, kompetentere Hilfe zu holen."

Die beiden Frauen liefen so schnell sie konnten die Treppe hinauf und betraten das dunkle Schlafzimmer. Gemeinsam ergriffen sie den Toten, richteten ihn in eine sitzende Haltung auf, damit Erna ihm die Schuhe wieder anziehen konnte, zogen ihn aus dem Bett und trugen ihn – Erna an den Schultern, Rautgunde an den Füßen – durch den oberen Flur zur Treppe.

„Ich weiß nicht, ob ich ihn da runtertragen kann", sagte Rautgunde am oberen Ende der Treppe keuchend und blickte nach unten.

„Kein Problem", versicherte ihr die in den praktischen Dingen des Lebens stets pragmatische Erna, „du gehst runter, ich lasse ihn runterrutschen, unten nimmst du ihn in Empfang. Ich nehme an" – mit einem scheelen Blick auf den toten Gatten –, „ihn wird es nicht weiter stören."

Und so machten sie es. Rautgunde lief nach unten und positionierte sich auf dem Treppenabsatz, während Erna oben die Füße des toten Ernst über die erste Stufe hängen ließ und ihm einen Schubs versetzte. Ernst Schmattloch rutschte langsam auf dem Allerwertesten die Treppenstufen hinunter, wobei sein Kopf auf jeder einzelnen ein vernehmliches *Tock-tock-tock* von sich gab. Wenn die Volksweisheit zutraf, wonach leichte Schläge auf den Hinterkopf das Denkvermögen steigern, hätte Ernst Schmattloch bei allem, was sein schütteres Haupt heute schon hatte aushalten müssen, eigentlich inzwischen ein wahrer Geistesriese sein müssen. Wäre er nur nicht so tot gewesen.

Rautgunde nahm ihn unten pflichtschuldig in Empfang. Als er mit dem Hintern auf dem breiten Treppenabsatz aufsetzte und sein Kopf ein letztes Mal auf eine der Stufen schlug, beugte sie sich auch schon über ihn. Ernst Schmattlochs Lider klappten bei diesem abschließenden Hartholzkontakt in die Höhe, als hätte jemand an der Schnur eines Rollos gezogen. In Verbindung mit dem geistlosen Grinsen, zu dem Erna Schmattloch seine Mundwinkel geformt hatte, wirkte der Eindruck vollkommen entnervend. „Er sieht mich an!“, hauchte Rautgunde mit einer piepsigen Stimme, die das ganze Ausmaß ihres Grauens verriet. „Erna, er sieht mich an!“ Sie konnte sich nicht vom starren Blick der leblosen Augäpfel abwenden.

„Was?“, antwortete Erna Schmattloch von oben und kam hastig herunter. „Sei nicht albern“, fuhr sie nach einem kurzen Blick in das Gesicht des Toten fort. „Vermutlich eine Muskelreaktion durch die vielen Stöße. Na los.“ Und damit zog sie ihn in die Höhe. Rautgunde zögerte, doch als ihre Freundin sie anfuhr, doch um Himmels willen keine solche Zimperliese zu sein, stützte sie ihn sichtlich angeekelt auf der einen Seite, während Erna Schmattloch ihn auf der anderen Seite hielt.

Mitten in der Diele gönnten sie sich noch eine kleine Verschnaufpause und hielten den Toten dabei aufrecht zwischen sich. Als sie gerade weitergehen wollten, löste sich dessen Gürtelschnalle mit einem leisen Klirren, und seine Hose rutschte samt Unterhose nach unten.

„Wieso verliert er denn die Hose?", fiepste Rautgunde, die vor Entsetzen ihre normale Stimme gar nicht mehr wiederzufinden schien und sich fragte, welchen Prüfungen und Drangsalen sie noch ausgesetzt werden würde.

„Was weiß denn ich", antwortete Erna. „Wahrscheinlich hat Johanna sie nicht richtig zugemacht."

Rautgunde schwanden beinahe die Sinne, als sie versuchte, sich die monströse Ungeheuerlichkeit vorzustellen, die Erna mit diesen Worten andeutete, doch ihr blieb keine Zeit, das abstoßende Bild, das vor ihrem geistigen Auge Gestalt anzunehmen drohte, weiter zu elaborieren, denn just in diesem Moment, als sich Erna gerade vornüberbeugte und dem Gatten zwischen die Knie griff, um die Hose wieder hochzuziehen, erschien ein dunkler Schatten vor dem Ornamentglas der Haustür. „Du solltest dir wirklich angewöhnen, diese vermaledeite Tür abzuschließen", konnte Rautgunde nur noch hervorstoßen, da wurde besagte auch schon zaghaft und vorsichtig geöffnet.

17

Wachtmeister Staudte begleitete die drei Damen, die Frau Schmattlochs Gäste gewesen waren, wie versprochen – das schamlose Weib hatte sich ohne ein weiteres Wort davongemacht, worüber Staudte auch nicht besonders unglücklich war. Er hätte sie alle drei bis zu ihren jeweiligen Wohnungen oder Häusern geleitet, doch als sie an der Ecke Wünschelstraße und Hauptstraße ankamen, bestanden sie darauf, dass sie den Weg auch alleine finden würden, dichter Nebel hin oder her. Staudte nickte, da es zugegebenermaßen schwerfiel, der resoluten Hildegard Binger auch nur ein Häuchlein Widerspruch entgegenzusetzen. Und eben jener resolute Charakter war auch der Grund dafür,, dass er sich um die drei Damen wenig Sorgen machte.

„Wehe dem Bankräuber, der euch in die Arme läuft, i-aah, i-ahh“, sagte er leise, als das Trio im Nebel verschwunden war, sah in die dichte Nebelbank, in die Richtung, wo die Sparkasse lag, und seufzte. Jetzt würde ihm wohl nichts anderes mehr übrigbleiben, als sich bei dem arrogante Arschloch zurückzumelden und um weitere Anweisungen zu bitten. Anweisungen, er, und das sozusagen in seinem eigenen Revier! Das war, als würde man bei einem Heimspiel die gegnerische Mannschaft fragen, ob man denn auch das eigene Spielfeld benutzen dürfe. Er überlegte kurz, ob er einfach anrufen sollte, statt selbst hinzugehen, nur damit er für die Ludwigshafener Pfeifen Kaffee holen konnte, und da fiel ihm siedend heiß ein, dass er Handy und Visitenkarte des Kommissars auf der Kommode im Haus der Schmattlochs vergessen hatte.

An manchen Tagen schien eben einfach alles schiefzugehen, dachte er mürrisch, machte auf dem Absatz kehrt und stapfte die Wünschelstraße entlang zurück.

Es stimmte ihn über die Maßen mürrisch, dass er abermals stören musste, zumal er sich des vagen Eindrucks nicht erwehren konnte, dass keine der Damen eine besonders hohe Meinung von ihm zu haben schien. Wenn er jetzt noch wie ein vergesslicher Trottel dastand ... Einzig und allein aus diesem Grund klingelte er, einer plötzlichen Eingebung folgend, dieses eine Mal nicht, sondern ging direkt und in der Hoffnung hinein, er könnte Handy und Visitenkarte holen, ohne dass ihn jemand bemerkte. Er öffnete leise die Tür und wünschte sich im nächsten Augenblick, er hätte sich doch für eine andere Vorgehensweise entschieden. Mitten in der Diele stand Ernst Schmattloch, dem Hose und Unterhose um die Knöchel hingen. An seinen Seiten Rautgunde und seine Frau Erna, die, wie es aussah, gerade im Begriff schien, ihm zwischen die Beine zu fassen.

Die beiden Damen sahen auf und bekamen große Augen, und Staudte machte die Tür hastig wieder zu und wich die drei Treppenstufen hinab zurück. Er wünschte sich, er wäre erblindet, bevor er dieses grauenhaften Anblicks ansichtig wurde, und kam nicht umhin zu staunen, welches Maß an Verworfenheit hinter Bellheims unscheinbaren Türen herrschte; manch anständiges Haus konnte sich, so wie dieses, durchaus als Sündenpfuhl entpuppen. Es war kaum wenige Minuten her, da hatte er Schmattloch mit eigenen Augen bei unzüchtigem außerehelichem Treiben erwischt und die arme Frau bedauert, die einen Stock tiefer ahnungslos ihre Gäste bediente, während ihr Mann seiner brünstigen Beschäftigung nachging, doch kaum waren diese aus dem Haus, da ertappte er sie bei einem Dreier mit dem Gatten und ihrer besten

Freundin, die obendrein den Eindruck erweckte, als hätte sie schon zur Zeit der Napoleonischen Kriege ihre Unschuld verteidigen müssen!

Derweil sahen besagte zwei Damen in der Diele zur Tür, erblickten Wachtmeister Staudte, der nicht weniger erschrocken wirkte als sie; und um der Wahrheit die Ehre zu geben, wusste keine so genau, was sie tun sollte. Staudte trat jedoch nicht – wie befürchtet – ein, sondern machte die Tür hastig wieder zu und zog sich zurück. Erna und Rautgunde wechselten einen kurzen Blick. Frau Schmattloch, die nach wie vor improvisierte, kam zu der Überzeugung, dass es am besten wäre, den Gatten erst einmal von der Tür wegzuschaffen. Sie nickte Richtung Esszimmer. Zum Glück verstand Rautgunde den Wink sofort. Sie setzten sich seitlich in Bewegung und tänzelten, den reglosen Herrn Schmattloch zwischen sich, ins Esszimmer – es fehlte nur noch, dass sie anmutig die Beine in die Luft gewirbelt hätten, und der Eindruck einer ausgeklügelt choreografierten Varieté-Tanznummer wäre perfekt gewesen.

Nur der in seinem Zustand etwas ungelenke Gatte störte dieses Gesamtbild, und doch war nicht er es, dessen nichtvorhandene Feinmotorik für neuerlichen Verdruss sorgte, sondern Rautgunde, die in ihrer Hast über die Schwelle der Esszimmertür stolperte, im verzweifelten Bemühen, irgendeinen Halt zu finden, nach Schmattlochs Arm griff und diesen so jäh mit sich riss, dass Erna wiederum gezwungen war, ihn loszulassen, sonst wäre sie auch noch gefallen.

Der solchermaßen befreite Gatte schnellte in Rautgundes Richtung, die hilflos weitere drei Schritte torkelte und auf den Sessel gegenüber der Tür fiel. Da sie – ihre frühere Zimperlichkeit momentan vergessen – Herrn Schmattlochs Arm nicht losließ, zog sie diesen mit; als das Gegengewicht von Frau Schmattlochs Halt verschwand, wirbelte er von seinem eigenen Schwung getragen um hundertachtzig Grad herum, kippte vornüber und landete auf der sitzenden Rautgunde, die, als sie die Last des Mannes auf sich spürte, den sie schon zu Lebzeiten nicht ausstehen konnte, in totem Zustand jedoch ganz und gar abstoßend fand, regelrecht anfing zu hyperventilieren vor Abscheu. Erna Schmattloch folgte hastig, packte den Gatten an den Schultern und versuchte, ihn von der schnaufenden Rautgunde herunterzuziehen.

Draußen fragte sich Wachtmeister Staudte mittlerweile, ob ihn seine trüben Augen getrogen haben mochten. Er war wenig geneigt, es herauszufinden, aber sein Handy wollte er schon wiederhaben, daher ging er die Stufen erneut hinauf, öffnete die Tür und blinzelte zaghaft ins Innere. Weder Herr Schmattloch noch eine der Damen waren in der Diele zu sehen.

Staudte trat vorsichtig ein, sah sein Handy auf der Kommode liegen, wo er es vergessen hatte, und entschied, es zu holen und diesen Ort der Unzucht dann schleunigst zu verlassen. Auf dem Weg dorthin freilich musste er die Esszimmertür passieren, warf einen Blick hinein und wünschte sich abermals augenblicklich, er hätte es lieber sein lassen.

Die alte Krähe saß breitbeinig auf dem Sessel im Zimmer, und der alte Schmattloch hing mit blankem Hintern auf ihr, was ihr, so Staudtes Eindruck, ziemlich zu gefallen schien, denn sie atmete vor Lüsternheit keuchend, während Frau Schmattloch danebenstand und, wie es aussah, ihrem Mann während dessen unappetitlicher Tätigkeit auch noch die Schultern massierte.

Alle drei waren so sehr miteinander beschäftigt, dass keiner ihn sah, daher griff Staudte beherzt nach dem Handy und trat so schnell er konnte einen mehr oder weniger geordneten Rückzug nach draußen an.

18

Während Wachtmeister Staudte ebenso fassungslos wie erschüttert Zeuge des vermeintlich unzüchtigen Treibens im Haus der Familie Schmattloch wurde, traf Tekla Rönneburger derweil endgültig eine Entscheidung. In ihrem Kopf herrschte ein einziges rasendes Durcheinander, so dass sie zuerst keinen klaren Gedanken fassen konnte, und ihr ganzer Kreislauf lief derart auf Hochtouren, dass sie ein lautes Rauschen und Summen in den eigenen Ohren vernahm.

Als sie wieder ein klein wenig zur Ruhe gekommen war, rekapitulierte sie die Situation im Geiste. Herr Schmattloch, ihr geliebter Ernst, war ohne jeden Zweifel tot, davon hatte sie sich selbst überzeugt; sie hatte keine Ahnung, wie es der Schmattloch gelungen war, alle Anwesenden zu täuschen. Nicht, dass es bei Staudte besonders schwer gewesen wäre, aber dass Johanna nichts aufgefallen war ... Andererseits bestand natürlich immer die Möglichkeit, dass diese mit der Schmattloch unter einer Decke steckte.

Wie auch immer, die einzig gangbare Vorgehensweise schien Tekla zu sein, dass sie den netten Kommissar, mit dem sie kurz am Telefon gesprochen hatte, persönlich aufsuchte, ihm den Sachverhalt schilderte und ihn auf jeden Fall überzeugte, hierher zu kommen. Hoffentlich gelang es den beiden Weibern bis dahin nicht, die Leiche wegzuschaffen.

Gerade letzterer Gedanke spornte Tekla plötzlich zur Eile an. Am Tor spähte sie vorsichtig in alle Richtungen, ob ihr die Mörderin und ihre Komplizin nicht etwa auflauerten, doch der dichte Nebel machte es ihr unmöglich, etwas zu erkennen. Sie hastete achselzuckend los, da ihr wohl oder übel keine andere Möglichkeit blieb, als das Risiko einzugehen, und hatte gerade die Kreuzung Wünschelstraße und Hördter Straße erreicht, als sie unvermittelt jemanden aus dem Nebel vor sich auftauchen sah. Sie bemühte sich zwar, schaffte es in ihrer Eile aber nicht mehr, zum Stillstand zu kommen, und stieß so heftig mit dem Neuankömmling zusammen, dass dem der Rucksack von der Schulter rutschte. Beim Zurückweichen stolperte Tekla selbst über eben diesen Rucksack und fiel hin.

Der Rucksack kippte um und ging auf. Tekla, die auf dem feuchten Bürgersteig saß und sich den schmerzenden Rücken hielt, sah etwas herauskommen, das sie im ersten Moment für ein Tier hielt. Sie griff hastig danach, damit es nicht entkommen sollte, aber ein zweiter Blick und ihr Tastsinn verrieten ihr, dass es sich offenbar um eine Perücke oder so handelte. Zusammen mit dieser Perücke fiel ein dickes Bündel Geldscheine aus dem Rucksack heraus, der offenbar mit Geld vollgestopft zu sein schien, und da wurde Tekla klar, mit wem sie da zusammengestoßen war.

„Der Ba… der Ba…“, stammelte sie und robbte rückwärts. Der blonde Mann mittleren Alters, der sich über sie gebeugt hatte, fluchte lästerlich und hob das Bündel Geld auf. Tekla nutzte die Gelegenheit, sprang hoch und suchte panisch nach einem Ausweg.

Da sie unmöglich an ihm vorbeikommen konnte, wirbelte sie mit der Perücke in der Hand herum. Ein Blick über die Schulter, und sie sah, dass der Mann eine Pistole gezückt hatte. Sie biss sich vor Schrecken auf die Unterlippe, lief zu ihrem Haus, riss das Tor auf, nestelte mit einer Hand – die Perücke hielt sie absurderweise fest, als hinge ihr Leben davon ab –

den Schlüssel heraus und schloss auf. Sie öffnete die Tür, da hörte sie schon Schritte hinter sich, ließ den Schlüssel im Schloss stecken und floh in den hinteren Teil des Hauses.

Der Bankräuber (denn tatsächlich handelte es sich um keinen anderen), der auf der Suche nach einem geeigneten Versteck inzwischen bis hierher gelangt war, setzte der Frau fluchend nach und verfolgte sie bis in den Hof, der offenbar zu ihrem Haus gehörte. Er hörte sie den Schlüssel im Schloss drehen und sprang die Treppenstufen hinauf, aber sie war schneller und lief in das Haus hinein. Der Bankräuber sah kurz hinter sich. Er zog den Schlüssel heraus, trat ein, stellte den Rucksack mit dem Geld hin, schloss die Tür von innen ab und machte sich auf die Suche nach der Frau.

19

Im selben Moment, als der Bankräuber die Tür von Tekla Rönneburgers Haus abschloss, bewerkstelligte Wachtmeister Staudte seine überhastete Flucht aus dem Nachbarhaus und verweilte erst, als er auch das Hoftor zwischen sich und dieses Sodom und Gomorrha gebracht hatte. Dort lehnte er sich einen Moment an und hegte die Befürchtung, dass sich die Bilder des Grauens, die er gerade mit hatte ansehen müssen, für immer in sein Gedächtnis eingebrannt haben würden.

Derweil war es Erna Schmattloch im Haus gelungen, ihren Gatten von Rautgunde herunterzuziehen. Da ihre Freundin immer noch nach Luft schnappte, gönnte sie ihr einen Moment der Ruhe, doch dann trieb sie sie erneut zur Eile an, musste jedoch feststellen, dass das Erlebnis die Ärmste offenbar so geschockt hatte, dass sie keine Hilfe von ihr erwarten durfte. Sie lehnte den Toten an den Sessel (Rautgunde brachte immerhin soviel Energie auf, dass sie mit einem verhaltenen Aufschrei des Abscheus zu einem der Esszimmerstühle fliehen konnte, wo sie fast entseelt niedersank), zog ihm Unterhose und Hose hoch, zurrte den Gürtel fest, schenkte ihrer Freundin einen letzten ebenso mitleidigen wie vergeblichen Blick, bückte sich und warf sich den Leichnam über die Schulter. So ging sie hinaus in die Diele und – da der Weg zur Eingangstür hinaus vermutlich immer noch von Staudte versperrt wurde – weiter in die Küche, um den Gatten durch den Garten in die Garage und in den Kofferraum des Autos zu schaffen.

Als sie die Tür zum Garten geöffnet und gerade Anlauf genommen hatte, ertönte von dort ein schriller Aufschrei: „Hilfe, Hilfe!“ Es war Teklas Stimme, die aus dem Nebel hallte, und Frau Schmattloch wollte bremsen, doch aufgrund der Last, die sie auf den Schultern hatte, trug ihr eigener Schwung sie hinaus in den Garten. Als sie nach wenigen Schritten endlich stehen bleiben konnte, wirbelte sie herum, verlor jedoch, da sie weder ihr eigenes noch die umliegenden Häuser erkennen konnte, die Orientierung. Darüber hinaus wurde ihr das tote Gewicht auf den Schultern – guter Witz!, dachte sie grimmig – langsam zu schwer. Wenigstens für dieses Problem fiel ihr eine praktikable, wenn nicht nachgerade geniale Lösung ein. Obwohl im Nebel Schritte zu hören waren, verlor sie nicht die Nerven, ließ ihren Gatten von der Schulter gleiten, drehte ihn um, stellte seine beiden Füße auf ihre, umklammerte seine Taille fest mit einer Hand, wie man es manchmal mit Kindern machte, und setzte sich wieder in Bewegung.

Tekla Rönneburger hatte sich, wenn auch aus gänzlich anderen Gründen, für einen ähnlichen Weg entschieden. Sie lief durch das Haus, riss die Tür zu ihrem Garten auf und wollte versuchen, über einen der angrenzenden Gärten vor dem Bankräuber zu fliehen. Bis es ihr in ihrer Panik endlich gelang, die Glastür aufzureißen, hörte sie die Schritte des Unholds schon hinter sich. Mit einem wagemutigen Hechtsprung schnellte sie nach draußen und rief dabei laut „Hilfe, Hilfe!“, auch wenn sie nicht wusste, ob sie überhaupt jemand hören konnte.

Staudte hörte sie. Obwohl er es in dem Nebel nicht genau sagen konnte, war er überzeugt, dass der Hilferuf hinter Teklas Haus erklungen war, und so schlecht er auf die Dame zu sprechen war, widersprach es seiner Polizistennatur zutiefst, einen Hilferuf unbeachtet zu lassen, daher rappelte er sich auf, lief zum Nachbarhaus, fand die Eingangstür verschlossen, lief zur Garage, deren Tor ebenfalls abgesperrt war, und beschloss, es über das Grundstück der Schmattlochs zu versuchen. Hastig rannte er den Weg zurück. Als er den Hof der Schmattlochs durchquerte, ertönte ein schriller Entsetzensschrei in den Gärten hinter der Garage. Staudte legte einen Zahn zu.

Frau Schmattloch lief mit dem toten Gatten auf den Füßen los, aber da sie, wie erwähnt, im Nebel die Orientierung verloren hatte, zunächst in die falsche Richtung.

Tekla Rönneburger, die des Bankräubers Perücke umklammerte wie einen Talisman, der sie beschützen konnte, hatte die Absicht, das Grundstück der Schmattlochs zu überqueren und, wenn möglich, bei den Nachbarn auf der anderen Seite Schutz zu suchen. Als sie den Schemen aus dem grauen Dunst auftauchen sah, war es zu spät, eine andere Richtung einzuschlagen, und zurück konnte sie auch nicht, da ihr der Bankräuber auf den Fersen war, daher wich sie nur aus, da sie im ersten Moment wirklich befürchtete, Erna Schmattloch könnte mit einem langen Messer in der Hand wie eine Furie auf sie losgerannt kommen. Im nächsten Moment schon musste sie alle Anstrengung aufbieten, nicht bewusstlos zu Boden zu fallen, denn wer da auf sie zukam, war keineswegs Erna Schmattloch, sondern ihr Mann Ernst. Sie sah das Gesicht nur kurz, dann war er schon an ihr vorbei, und sie hatte sich abgewandt, aber es konnte kein Zweifel bestehen. Sie schrie entsetzt auf.

Frau Schmattloch sah Tekla auf sich zukommen, doch auch sie konnte, von ihrem Schwung getragen, den Kurs nicht mehr ändern. Tekla stieß einen Schrei aus, als sie Ernst Schmattloch sah. Erna, die begriff, dass sie in die falsche Richtung lief, bremste ab, machte eine Wendung um einhundertachtzig Grad und lief auf ihre Garagentür zu. Sie wollte schon hinein, da sah sie Staudte herauskommen, machte erneut einen Schwenk und lief weiter.

Staudte durchquerte die Garage der Schmattlochs und hatte kaum den Garten betreten, da sah er den Hausherrn persönlich aus dem Nebel kommen. „Guten Tag, Herr Schmattloch“, sagte er höflich, „schön, dass es Ihnen wieder besser geht …“, aber der Mann lief einfach an ihm vorbei, und jetzt konnte Staudte erkennen, dass er von seiner Frau verfolgt wurde, die so dicht hinter ihm herlief, dass sie ihm den fraglos heißen Atem in den Nacken pustete. Und schon waren sie wieder im Nebel verschwunden.

Nicht zu fassen, dachte Staudte, der sich fragte, was den lüsternen Casanova ins Freie getrieben haben mochte. Vielleicht lag es daran, dass dem armen Mann offenbar wirklich kein Moment der Ruhe vergönnt blieb. Möglicherweise setzte die Gemahlin ihm ja so verzweifelt nach, weil sie noch nicht an der Reihe gewesen war. Staudte kam in all der Aufregung nicht umhin, dem alten Knaben ein gewisses Maß an Bewunderung zu zollen. Zwei Frauen hintereinander, in seinem Alter, alle Achtung. Scheinbar sah er sich aber der Aufgabe, auch noch die eigene Gattin zu beglücken, gerade nicht gewachsen, weshalb hätte er sonst so hektisch zu fliehen versucht? Andererseits schien sein seliges Lächeln eher dafür zu sprechen, dass dies durchaus Bestandteil eines widernatürlichen Liebesspiels sein konnte.

Der Bankräuber lief blindlings durch die Gärten und blieb in Bewegung, obwohl er zugegeben keinen blassen Schimmer mehr hatte, wo das verdammte Weib stecken mochte oder er selbst sich befand. Inzwischen hatte die Geräuschkulisse im Nebel ein solches Ausmaß angenommen, dass ihm schien, als wäre sie längst nicht mehr allein, und er verfluchte sein Pech. Es hätte ihm gerade noch gefehlt, dass er gesehen wurde, nachdem sein Plan bis zu diesem Punkt so wunderbar aufgegangen war. Schließlich sah er vor sich einen Schatten im trüben Grau und hielt darauf zu.

„Ernst?“, fragte Tekla Rönneburger unsicher, obwohl sie wusste, dass ihre Augen ihr einen Streich gespielt haben mussten. Dennoch ging sie zaghaft einen Schritt auf die Gestalt zu, die ihr entgegenkam. Als sie sah, dass es der Bankräuber war, stieß sie erneut einen schrillen Schrei aus und nahm schleunigst die Beine in die Hand.

Rautgunde, die im Schmattlochschen Esszimmer langsam wieder zu sich kam, dachte sich, dass sie ihrer Freundin bei deren unschöner Aufgabe helfen sollte. Sie stand auf, ging hinaus in die Diele, sah die offene Küchentür und schlug diesen Weg ein, da sie zu Recht vermutete, dass Erna ihn auch gewählt hatte.

Im Garten schlugen ihr die verschiedensten Geräusche entgegen, die sie im ersten Moment nicht zuordnen konnte. Sie verweilte einen Moment. „Erna?", sagte sie fragend, als sie jemanden auf sich zukommen sah, doch zu ihrer Verblüffung schälte sich ein blonder Mann aus dem Nebel – der Mann, den sie vorhin auf dem Weg hierher in der Nähe der Bank gesehen hatte.

Der Bankräuber, der sich mittlerweile fühlte, als wäre er im Nebel von Leuten, die es auf ihn abgesehen hatten, regelrecht umzingelt, erkannte sie ebenfalls – die alte Spinatwachtel, die ihn unmittelbar nach dem Raub in der Nähe der Bank angerempelt hatte. „Du!", stieß er hervor, machte einen Sprung vorwärts und versuchte, Rautgunde mit einer Hand am Hals zu packen, während er mit der Pistole in der anderen herumfuchtelte.

Diese gab einen spitzen Schrei von sich, duckte sich blitzschnell und floh gebückt vor dem Mann, der ihr offenbar aus unerfindlichen Gründen ans Leben wollte.

Der Bankräuber griff ins Leere und sah sich verdutzt in alle Richtungen um, doch sein Opfer hatte längst die Flucht ergriffen und war nicht mehr zu sehen.

Rautgunde selbst lief einige Schritte in den Garten hinein, während sie sich fragte, was der Mann hier zu suchen und was er ausgerechnet von ihr wollen konnte, dann blieb sie wie im Auge des Sturms stehen und horchte in den Nebel hinein, aus

BOISELLE
629

dem ein Getrappel ertönte, als würden ganze Armeen durch die beschaulichen Grünanlagen trampeln, während unterschiedliche Stimmen die unterschiedlichsten Ausrufe von sich gaben:

„Herr Schmattloch ...!"

„So bleib doch endlich stehen ..."

„Das ist das Ende der Welt!"

„Der Ba..."

„Hilfe!"

Als wieder Schritte in ihrer unmittelbaren Nähe ertönten, machte sich Rautgunde zur Flucht bereit, aber es war, wie sich herausstellte, nur Tekla, die blindlings an ihr vorbeilief. Da sie so schnell verschwand, wie sie gekommen war, konnte Rautgunde es nicht mit Bestimmtheit sagen, aber sie hätte schwören können, dass Tekla eine tote schwarze Katze in der rechten Hand schwenkte.

Inzwischen unternahm Frau Schmattloch den zweiten Versuch, in ihre Garage zu gelangen. Sie war durch das Herumrennen völlig außer Puste, und der tote Gatte hing wie ein Mühlstein an ihr. In ihrer Erschöpfung wäre sie fast bereit gewesen, sich einfach Wachtmeister Staudte zu ergeben, da ihr die Anstrengung allmählich zuviel wurde. Doch welche Kraftreserven sie noch in sich hatte, wurde ihr Sekunden später vor Augen geführt, als tatsächlich jemand vor ihr auftauchte, allerdings nicht Staudte, sondern ein Mann, den sie noch nie gesehen hatte. „Wer sind Sie denn?", rief sie über des Gemahls Schulter hinweg. „Was haben Sie auf meinem Grund und Boden zu suchen?" Sie selbst fand das eine berechtigte und angesichts der Umstände durchaus nicht unhöflich vorgebrachte Frage, doch kaum hatte sie sie ausgesprochen, hob der Mann mit irrem Blick eine Pistole und zielte auf sie. Erna fuhr herum, schaffte es gerade noch, weder das Gleichgewicht noch den toten Gatten zu verlieren, und floh in den Nebel.

Wachtmeister Staudte hörte Erna Schmattlochs Stimme nicht weit entfernt und versuchte, sich ihr, so gut es ging, zu nähern. Als er eine verschwommene Gestalt sah, beschleunigte er seine Schritte in der Meinung, sie wäre es, oder auch Frau Rönneburger, deren Grund für die Hilferufe er immer noch nicht kannte, doch als er sich dem Umriss soweit genähert hatte, dass er ihn klar erkennen konnte, blickte er direkt in die Mündung einer Pistole.

Der Bankräuber sah den Polizisten vor sich auftauchen und war wie vom Donner gerührt. „Verdammt!", stieß er hervor. „Wie habt ihr mich ausgerechnet hier gefunden?"

„Wer sind Sie?", fragte Staudte, der mühsam den Blick von der runden schwarzen Öffnung der Pistole abwandte und darüber das Gesicht eines blonden Mannes erblickte.

Der Mann allerdings ging nicht auf die Frage ein, sondern richtete den Lauf der Waffe direkt auf Staudtes Stirn. „Mich kriegt ihr nicht!", herrschte er den Polizisten in der irrigen Meinung an, dass dieser sich ausschließlich seinetwegen hier aufhalten würde. „Und das Geld auch nicht!"

Da begriff Staudte endlich, mit wem er es zu tun hatte. „Sie sind der Bankräuber", sagte er, auch wenn er sich beim besten Willen nicht erklären konnte, wie der Mann ausgerechnet hierher kam.

„Stimmt genau", antwortete der Mann, „und du bist tot, Schweinebacke."

Staudte wich einen Schritt zurück, der Mann folgte. Das wiederholten sie insgesamt dreimal, während ringsum im Dunst immer noch auf allen Seiten hektische Schritte ertönten, und Staudte war überzeugt, dass sein letztes Stündlein geschlagen hatte. Aber dann ertönte ein Knirschen wie von Metall auf Stein, etwas sauste laut zischend an Staudte vorbei und traf den Bankräuber (der auf den Rechen getreten war, den Frau Schmattloch im Garten vergessen hatte) mitten ins Gesicht. Der Räuber stieß einen Schmerzensschrei aus, wirbelte herum und feuerte blindlings einen Schuss in den Nebel ab.

Staudte nutzte die Gelegenheit, sprang ihn an und warf ihn zu Boden; während er ihn mit seinem ganzen Gewicht nach unten drückte und die Arme auf den Rücken riss, damit er ihm Handschellen anlegen konnte, hörte er nicht weit entfernt einen Schrei in der grauen Nebelsuppe. Er glaubte, dass es Frau Schmattloch gewesen war, die geschrien hatte.

Vor dem Haus der Schmattlochs herrschte der größte Andrang, den die Straße, vermutlich sogar der ganze Ort, bis dahin je gesehen hatte. Auf beiden Seiten einer Polizeiabsperrung – rot-weiß gestreifte Bretter auf Stützen aus dunklen, stellenweise verrosteten Eisenstangen – drängten sich Schaulustige, Journalisten, Zeitungsreporter, dahinter parkten Einsatzfahrzeuge und sogar ein Ü-Wagen des Südwestrundfunks.

Wachtmeister Staudte genoss als Held des Tages jeden Augenblick und erlebte die Sternstunde seines Lebens; es störte ihn nicht im Geringsten, dass er keine Minute zur Ruhe kam. Die größte Genugtuung – es wäre gewiss nicht übertrieben gewesen, von einem inneren Laubhüttenfest zu sprechen, wenn nicht gar von einem inneren Reichsparteitag – war für ihn jedoch der Anblick des arroganten Arschlochs, das griesgrämig und entschieden grün vor Neid am hinteren Rand des Geschehens saß, umgeben von seinen hochnäsigen Pinseln aus Ludwigshafen, die seine gedrückte Stimmung ausnahmslos zu teilen schienen.

Staudte wusste nicht mehr zu sagen, wie viele Interviews er der lokalen wie der überregionalen Presse schon gegeben hatte, und gerade ging sein wahrhaft großer Traum in Erfüllung – das Fernsehen. Unmittelbar vor dem Tor der Schmattlochs hatte die Crew der Technik – Toningenieur, Kameramann, Beleuchter – einen kleinen Freiraum geschaffen, auf den zwei

Kameras gerichtet waren; eine Maskenbildnerin hatte Staudte gerade eben erst ganz kurz das Gesicht gepudert – jetzt wusste er, wie die großen Filmstars sich fühlen mussten –, und nun stand er der Reporterin des Lokalsenders gegenüber und war bereit, deren Fragen zu beantworten.

Die Reporterin, deren Name Ellen Strobel-Illermann lautete, wie sie ihm vor dem kurzen, vorbereitenden Gespräch verraten hatte, sah in die Kamera und begann ihre kurze Einleitung. „Wie befinden uns hier in Bellheim, vor dem Haus der Familie Schmattloch, wo sich heute dramatische Ereignisse abgespielt haben, die in einer Tragödie endeten. Zuvor war es in der kleinen, beschaulichen Gemeinde zu einem Banküberfall gekommen, bei dem mehrere hunderttausend Euro erbeutet wurden. Ich spreche mit Wachtmeister Gregor Staudte, dem es gelungen ist, den Bankräuber zu verhaften." Sie drehte sich zu Staudte um. „Herr Wachtmeister, können Sie unseren Zuschauern sagen, wie es Ihnen möglich war, den Täter so schnell dingfest zu machen?"

„Na ja", sagte Staudte, „dazu gehören wenig mehr als ein wacher Verstand, Denkvermögen und ausgeprägter kriminalistischer Spürsinn." An dieser Stelle konnte er sich einen hämischen Seitenblick zu dem arroganten Arschloch nicht verkneifen und sah zu seiner nicht unerheblichen Befriedigung, wie der Mann die Arme hob und sich mit himmelwärts verdrehten Augen abwandte. „Während die Kollegen aus Ludwigshafen ihre routinemäßigen Untersuchungen durchführten, aber leider in eine völlig falsche Richtung ermittelten, hielt ich es schon frühzeitig für eine Option, dass der Täter eine Verkleidung benutzt hatte und versuchen könnte, nicht über die Ausfallstraßen zu fliehen, die, wie er wusste, streng bewacht würden, sondern sich hier zu verstecken, bis die Luft rein ist."

Das war natürlich ein wenig geflunkert, doch Staudte fand, dass es wenig Sinn hatte, die Öffentlichkeit wissen zu lassen, welche große Rolle der Zufall bei der Aufklärung des Verbrechens gespielt hatte.

„Und Sie konnten ihn direkt hier stellen, vor diesem Haus?“, fragte die Reporterin.

„Nicht ganz“, widersprach Staudte und schenkte den Zuschauern an den Bildschirmen ein verhaltenes Lächeln. „Ich befand mich auf Patrouille hier, als der Täter auf eine Anwohnerin namens Tekla Rönneburger stieß, die er anschließend durch deren Haus in den Garten verfolgte, wo sie einen Hilferuf ausstieß, den ich hörte.“

„Und da kam es dann zu der schrecklichen Bluttat, die nicht nur die unmittelbaren Nachbarn, sondern den gesamten Ort erschüttert?“

Staudte setzte eine Miene der Betroffenheit auf, die tatsächlich ganz ungekünstelt war. Natürlich handelte es sich um einen dieser schrecklichen Unglücksfälle, an denen niemand die Schuld trägt, dennoch wünschte er sich, die ganze Sache wäre unblutig zu Ende gegangen.

„So ist es leider. Der Bankräuber bedrohte mich mit einer Schusswaffe, als ich ihn gestellt hatte. Im Lauf des Handgemenges, als ich ihn festnehmen wollte, feuerte er einen Schuss ab, der den unglücklichen Herrn Schmattloch, der sich zu dem Zeitpunkt bedauerlicherweise nebst seiner Ehefrau und einer gemeinsamen Freundin im Garten aufhielt, mitten in den Kopf traf.“

„Herr Schmattloch“, fügte die Frau Strobel-Illermann für die Fernsehzuschauer hinzu, „arbeitete als Gärtner in den hiesigen Grünanlagen und hielt sich nur wegen eines leichten Unwohlseins zu Hause auf.“

Sie drehte sich wieder zu Wachtmeister Staudte um. „Was ist dran an der Behauptung von ...“ – sie warf einen kurzen Blick auf ihre Notizen – „... Frau Tekla Rönneburger, nach deren Aussage Herr Schmattloch bereits tot gewesen sei – von seiner Frau ermordet?“

Staudte sah deutlich das Bild vor Augen, wie Tekla Rönneburger schluchzend durch sämtliche Gärten und Grundstücke gelaufen war und immer wieder „Er ist tot, er ist tot ... er war schon die ganze Zeit tot, warum glaubt mir niemand?" murmelte, bis einer der zur Stelle geeilten Notärzte sich ihrer annahm. Wie man Staudte versichert hatte, befand sie sich auf dem Weg nach Klingenmünster, wo man sie in der dortigen Nervenheilanstalt behandeln würde.

„Ein bedauerlicher Fall von Nervenzusammenbruch und nervöser Überreaktion", versicherte Staudte der Reporterin und den Fernsehzuschauern nachdrücklich. „Wie ich schon sagte, habe ich Herrn Schmattloch mit eigenen Augen gesehen, sowohl im Haus wie auch im Garten, wo er kurz vor dem bedauerlichen Unglücksfall noch an mir vorbeilief." Selbstverständlich gebot es Staudtes Anstand, die frivolen Begleitumstände beider Begegnungen unerwähnt zu lassen, schließlich hatte die arme Frau Schmattloch genug durchgemacht und er wollte sie keinesfalls kompromittieren.

„Und der Bankräuber ...?"

„... befindet sich bereits auf dem Weg in die Haftanstalt." Staudte sah abermals gönnerhaft in die Runde. „Nach der erfolgreichen Festnahme konnte ich ihn den Kollegen von der Kripo Ludwigshafen übergeben, die ihn in Gewahrsam nahmen. Er wird sich wegen Raubüberfall und Mordes verantworten müssen."

„Soweit Wachtmeister Staudte, der Held der Stunde, der einen gefährlichen Bankräuber verhaften und ein Gewaltverbrechen binnen kürzester Zeit aufklären konnte. Möchten Sie ein abschließendes Wort an unsere Zuschauer richten?"

„Oh, ja", antwortete Staudte, „ich möchte allen Mitbürgern und Mitbürgerinnen versichern, dass sie unbesorgt und ruhig schlafen können, da tüchtige und fähige Polizisten wie ich in unermüdlichem Einsatz für Recht und Ordnung ihre Sicherheit garantieren."

21

In der Küche des Schmattloch'schen Hauses saßen Erna und Rautgunde am Tisch und genossen die Ruhe, die endlich wieder eingekehrt war. Beide machten einen erschöpften Eindruck, doch der starke Kaffee, den Erna Schmattloch gekocht hatte, als sämtliche Journalisten und Polizisten wieder aus dem Haus abgezogen waren, hatte sie wieder ein wenig aufgebaut. Die beiden Frauen tranken ihn schweigend, sahen versonnen ins Leere und versuchten jede auf ihre Weise das Geschehene Revue passieren zu lassen und zu verarbeiten.

Als sich die Lichtverhältnisse in der Küche änderten, schaute Erna Schmattloch auf und lächelte. „Sieh nur", sagte sie zu Rautgunde, „die Sonne kommt wieder heraus." Sie blickte nachdenklich in den Garten, über dem sich der Nebel weitgehend gelichtet hatte. „Ist es nicht vortrefflich", fragte sie ihre Freundin, „wie sich alles gefügt hat?"

„Durchaus", entgegnete Rautgunde. „Ich kann immer noch nicht glauben, wie wohlgesonnen uns das Schicksal gewesen ist."

„Vielleicht sollten wir darauf trinken", sagte Frau Schmattloch und strich der Freundin über die Hand. „Und auf ein künftiges besseres Leben. Gläschen Sherry?"

„Da sag ich nicht nein", antwortete Rautgunde vergnügt.

Draußen fielen die letzten schrägen Strahlen der untergehenden Sonne auf die Giebel und Fassaden der Häuser der Wünschelstraße und färbten sie blutrot. Es herrschte wieder eine angenehme Stille, alle Ü-Wagen des Fernsehens, alle Journalisten, Polizisten und Schaulustigen hatten sich so spurlos verzogen wie der Nebel, es war so still wie immer, und nichts deutete mehr auf die turbulenten Ereignisse hin, die sich nicht nur in der Straße, sondern auch andernorts zugetragen hatten.

Einsam und allein stand die letzte Augenzeugin der Vorfälle vor dem Tor des Schmattloch'schen Hauses, doch auch sie schien zu begreifen, dass nichts Spektakuläres mehr geschehen würde. Nach einem letzten Blick rundum steckte sie die Hände in die Taschen und setzte sich gebrechlich und langsam in Richtung ihres nicht weit entfernten Hauses in Bewegung. Als sie es gerade betreten wollte, fuhr ein letzter Streifenwagen der Ludwigshafener Polizei wie ein Nachzügler auf der Hauptstraße vorüber, untertourig, fast verstohlen und natürlich ohne Blaulicht und Sirene. Die Frau sah ihm nur kurz nach. „Das ist das Ende der Welt", sagte sie fröhlich, ließ die Tür hinter sich ins Schloss fallen und sperrte damit diesen ereignisreichen langen Tag aus, dessen Reise in die Nacht sich allmählich ihrem Ende näherte.

Das Morden ist des Winzers Lust

von Joachim Körber (Hrsg.)

Hardcover, 256 Seiten, € 19,90
ISBN 978-3-934769-84-7

Im Weinfass ertränkt, mit der Bratpfanne erschlagen, durch die Mistgabel massakriert – das Grauen bricht mit Gewalt in Pfälzer Beschaulichkeit.

Sieben profilierte Autoren haben sich auf eine Wanderung durch die Pfalz begeben und in Bellheim, Germersheim oder Edenkoben, inmitten freundlicher, sonniger Rebenhügel und tiefgrüner Wälder, dem Verbrechen nachgespürt.
Herausgekommen sind sechs völlig unterschiedliche, aber immer spannende Geschichten mit viel Lokalkolorit, Humor und skurrilen Typen, die von Mord und Rache, von Täuschung, Betrug und Eifersucht erzählen und dabei den Leser mitnehmen in eine Umgebung, in der man das Böse nicht vermutet.

Weinseligkeit mischt sich aufs Angenehmste mit Gänsehaut!

Folgende Autoren waren in der ach-so-lieblichen Pfalz für Sie auf kriminalistischer Spurensuche:

Gisbert Haefs
Jens Lossau & Jens Schumacher
Joachim Körber
Timothy McNeal
Michael Siefener
Uwe Löhmann